源俊頼

Minamoto no Toshiyori

高野瀬恵子

コレクション日本歌人選046
Collected Works of Japanese Poets

笠間書院

『源俊頼』——目次

凡　例

一、本書には、平安時代の歌人　源《みなもとの》俊頼《としより》の歌を四十六首載せた。

一、本書は、俊頼という歌人の特色がわかりやすいように、時代背景や俊頼の交友関係などの解説を豊富にし、古典和歌を楽しむことをねらいとしている。

一、本書は、次の項目からなる。「作品本文」「出典」「口語訳（大意）」「鑑賞」「脚注」・「略伝」「略年譜」「筆者解説」「読書案内」「付録エッセイ」。

一、作品本文と歌番号は、勅撰集については主として『岩波新日本古典文学大系』に拠り、その他は主として『新編国歌大観』に拠り、適宜漢字をあてて読みやすくした。

一、鑑賞は、基本的には一首につき見開き二ページを当てたが、重要な作には特に四ページを当てたものがある。

源俊頼

01

春のくる朝《あした》の原を見わたせば霞《かすみ》も今日《けふ》ぞ立ちはじめける

【出典】千載和歌集・春歌上・一

―春がやって来る今朝、朝《あした》の原を見渡すと、霞も今日は期待どおりに立ち始めたことだよ。―

『千載集《せんざいしゅう》』をひらくと最初にある歌。立春《りっしゅん》の日の朝に、その名も朝の原を見渡してみると、立つのは春ばかりでなく、霞《かすみ》もまた今日の日に立ち始めたよ、とうたう。「朝《あした》」「立つ」の部分の掛詞《かけことば》や、明日《あした》と今日の対比に言葉のあそびがある。また、春が来たしるしとして霞が立つというのは、『古今集』時代からの伝統。つまり、悪く言うなら、昔ながらの発想とテクニックとで成り立っているような歌だが、声に出してよむと、新春にふさわしく、晴れ

【詞書】春立ちける日よみ侍りける。

【語釈】○朝の原―大和国の歌枕。「春のくる朝」と地名の「朝の原」とを掛ける。

＊千載集―文治三年（一一八七）に成立した七番目の勅撰和歌集。

やかで、力強い印象の作品になっている。これは、「くる・見わたす・立つ」と重ねられる動詞の効果と、「春・朝の原」が生み出す音の明るさに加えて、「見渡せば」「今日ぞ立ちはじめける」の堂々《どうどう》とした語感などが、よく調和しているからだ。一見すると単純な歌でも、調べが良くて風格があるところに、俊頼の歌のよさがある。

勅撰集《ちょくせんしゅう》は、立春の歌から始まる。春の風が吹いて氷がとけ始めることを言って、春を迎《むか》えた喜びをうたうことが多い。俊頼は『＊金葉集《きんようしゅう》』の撰者をつとめたが、その最初の歌には＊藤原顕季《ふじわらのあきすえ》の「打ちなびき春は来にけり山川の岩間《いはま》の氷《こほり》今日《けふ》やとくらむ」を選んだ。次の勅撰集『＊詞花《しか》集』の場合は、＊大江匡房《おおえのまさふさ》の「氷《こほり》ゐし志賀の唐崎《からさき》うちとけてさざ波寄する春風ぞふく」が最初で、この二首はともに『＊堀河《ほりかわ》百首』の「立春」の歌だった。

しかし、俊頼のこの歌は、『＊散木奇《さんぼくき》歌集《かしゅう》』によると「朝《あした》の原の霞」という題でよまれたもの。題のねらいを生かそうとしたことが、立春の景色をうたう結果になったらしい。けれども、この歌の、『万葉集』の歌を思わせるような、率直《そっちょく》で堂々としたうたいぶりが、『千載集』の撰者である＊藤原俊成《ふじわらのとしなり》に高く評価されたのだった。

＊古今集―延喜五年（九〇五）に作られた最初の勅撰和歌集。

＊金葉集―大治二年（一一二七）、白河法皇の院宣によって編纂された五番目の勅撰和歌集。

＊藤原顕季―平安後期の歌人（一〇五五―一一二三）。

＊詞花集―10・11歌参照。

＊大江匡房―平安後期の学者、歌人（一〇四一―一一一一）。

＊堀河百首―堀河天皇の時代、十六人の歌人が、それぞれ百の題でよんだ歌。長治初め頃（一一〇四）成立。

＊散木奇歌集―俊頼の個人歌集。

＊藤原俊成―平安末期の歌人（一一一四―一二〇四）。

02

庭も狭《せ》に引きつらなれる諸人《もろびと》の立ちゐる今日《けふ》や千代《ちよ》の初春《はつはる》

【出典】散木奇歌集・春部・一

庭も狭いほどにおおぜい並んでいる役人たちが、立ったり座ったりして天皇にあいさつをする今日は、まさしく千年続く春の初めであろうよ。

元日が大切にされた昔にくらべて、晴《はれ》の日の意識が薄れたと言われる今日この頃。それでも新年のあいさつを交わす習慣は、年賀状でもメールでも、なお盛んである。平安時代の貴族たちはもちろん、天皇に新年のあいさつをするために元日に内裏《だいり》へ集まった。*律令《りつりょう》国家では、元日の朝賀《ちょうが》は最も重要な儀式の一つである。*文武百官《ぶんぶひゃっかん》がみな*大極殿《だいごくでん》の庭に打ちそろって*拝礼《はいらい》が行われた。ここはそんな場面を想像したい。

【語釈】○庭も狭に―人が多くて庭も狭いほどに。○諸人―拝礼に参集した人々を言う。○立ちゐる―立ったり座ったりする。

*律令国家―隋・唐にならった中央集権型の国家形態。

*文武百官―文官（政務・事

だが、実は、壮大《そうだい》な年賀の儀式が行われていたのは平安前期までのことである。いわゆる*摂関体制《せっかんたいせい》が固まった頃から、ずっと小規模な*小朝拝《こちょうはい》が始められて、平安中期の*一条《いちじょう》天皇や*藤原道長《みちなが》の時代には、完全に小規模な拝礼だけになった。当然、俊頼が生きた時代でも、数え切れないほどびっしりと人々が立ち並んでいるという光景ではなかった。もっとも、小朝拝が行われた*清涼殿《せいりょうでん》の庭は、大極殿の庭のような広大な場所ではないから、人々が集まれば、やはり今日この日は特別におおぜい居並んだという感じがしただろう。そこでの拝礼とは、現代のお辞儀《じぎ》などとはちがい、数列に並んだ正装の人々が天皇に向かって、立って袖《そで》をふり、座って袖をふって、あいさつとした。「諸人の立ちゐる」は、人々がいっせいにその動作をするさまを言う。パッとひるがえる袖のはなやかさに、今日がこれから千年続く春の初めだろうと、平和と繁栄とを祈る、*ことほぎの歌である。

　これは『堀河百首』の「立春」という題で作られたが、初春という言葉はあるものの、実はあまり立春らしくない歌。春風が氷をとかさず、霞もたたない歌を、「立春」題で出したのは俊頼だけである。他の歌人とはちがう傾向を出したかったのか。それとも、内容的には少しちがうとわかっていなが

務）武官（武事・護衛）すべての役人。

*大極殿—大内裏の八省院にあった正殿。即位や賀正の礼がおこなわれた。

*拝礼—正月に宮中などで行われた年賀の礼。

*摂関体制—天皇幼少時は摂政、成人後は関白が、政治の実権をとる体制。

*小朝拝—清涼殿の東庭で、親王と大臣以下の殿上人が行った元日の礼。

*一条天皇—平安中期の天皇（九八〇—一〇一一）。

*藤原道長—平安中期の大臣（九六六—一〇二七）。一条・三条・後一条の三天皇の時代に権勢を誇った。

*清涼殿—天皇が日常生活をした御殿。

*ことほぎ—ことばで祝福すること。

ら、自信作で捨てがたかったのか。俊頼は、のちに『散木奇歌集』の最初に、これを置いた。そこでは元日の内容だと言っているから、元日も立春も同じような初春だ、という気持ちがあったのだろう。また、自分の歌集でこれを最初に置いたのは、*堀河《ほりかわ》天皇の時代への郷愁《きょうしゅう》や、『堀河百首』などの新しい和歌の仕事に対する自信もあったのだろう。

その当時の「立春」題としてはあまりふさわしくない歌だが、しかし、歌の場面や言葉のほうでは、けっこう伝統をふまえている。人々が色とりどりの晴れ着すがたで集まっているようすが、平安中期から、大臣の家で行われた宴会をよむ歌などにうたわれていた。同じころから、「諸人」という言葉もつかわれているし、「引きつらなる」は、*子《ね》の日の小松《こまつ》引《ひ》きをよむ歌などに、たくさん使われていたのだ。

そして拝礼そのもののようすも、俊頼と同時代の人がうたい始めていた。*「立ちならぶ人の心はゆたげにて起き臥《ふ》し狭《せば》き今日の庭かな」というのがそれで、俊頼とは歌人として親交があった*肥後《ひご》という女性の歌である。肥後の歌は、『堀河百首』よりもまえに、つまり俊頼の歌よりも先に、よまれたようだ。二つの歌をくらべてみると、肥後のほうは、拝礼をよんだという説明

＊堀河天皇―平安後期の天皇（一〇七九―一一〇七）。白河天皇の子で、鳥羽天皇の父。

＊子の日の小松引き―新年最初の子の日には、小松を引いて、健康や長寿を祈った。

＊立ちならぶ…―立ち並んだ人々の心は新春らしくゆったりのどかで、拝礼のために立ったり座ったりするのには狭い今日の庭であるよ（肥後集・六）。

＊肥後―平安後期の歌人。生没年未詳。

がないと意味がわかりにくい。俊頼の歌は、初春とあるので、人々が拝礼のために立ちならんでいるのだとわかりやすいし、全体にすっきりした表現になっている。また、「千代の初春」と、めでたい言葉で、大らかにうたいおさめるところも、晴《はれ》の歌としてととのっている。しかも、声にだしてうたうと、音調《おんちょう》がゆったりと美しい。俊頼という歌人の、腕《うで》のさえを感じる歌だ。

肥後は、このころの関白《かんぱく》＊藤原師実《もろざね》に仕えていた女房歌人で、「立ちならぶ」の歌は、元日のあいさつに師実のもとに集まった人々のことをうたったものだろう。関白家では内輪《うちわ》で披露《ひろう》された歌かもしれない。この時代、元日の午後には、まず関白に対する拝礼があり、次に上皇《じょうこう》への拝礼が行われて、最後に、日が沈む頃に内裏へ行って小朝拝を行うのが慣例《かんれい》だった。このうち拝礼に参加する人数が最も多かったのは関白家だろう。上皇や天皇への拝礼では、関白家の場合よりも、参加できる人の身分の範囲が少しせまかったからである。俊頼も関白家の拝礼から加わっていた一人だ。そう考えると、俊頼の「庭も狭に引きつらなれる」は、内裏の拝礼というよりも、元日の複数の拝礼のイメージが重なっているのかもしれない。

＊藤原師実—平安後期の関白・太政大臣（一〇四二—一一〇一）。

03

春日野《かすがの》の雪を若菜《わかな》につみそへて今日《けふ》さへ袖《そで》のしをれぬるかな

【出典】千載和歌集・春歌上・一四

春日野の雪を若菜につみ添えて、正月七日の今日までも、雪にぬれるだけでなく涙でも袖がぬれてしまうことだ。

【詞書】堀河院御時、百首歌たてまつりけるうち、若菜の歌とてよめる。

【語釈】○今日さへ—若菜をつみ長寿を祈る今日までも。

『百人一首』に「君がため春の野に出でて若菜つむわが衣手《ころもで》に雪はふりつつ」という歌があるのを、知っている人も多いだろう。カルタ取りをした人ならば、この歌で盛り上がった経験があるはずだ。六字決まりの歌で取り札がすぐにはわからない。ろくに歌を覚えていない者でも取り合いに参加できる。それに「わがころもで」の取り札がほかにもあって、まちがいやすいときている。ワアッといっせいに手を出して取り合っては、「取ったぁ!」「そ

*君がため…—あなたのために春の野原に出て若菜をつむ私の衣に雪が降りかかり

れじゃない。こっちだよ！」となる。
いまだ寒い正月の＊子《ね》の日または七日に、若菜をつんで食べて健康と長寿をいのる。またその若菜を親しい者どうしで贈り合ったりもするので、「君がため」がよまれた。俊頼のこの歌も、基本的には「君がため」と近い内容である。ただ、俊頼の歌では、掛詞を使っていることと、後半に嘆《なげ》きの気持ちが込められている点がちがう。「つみ」で若菜をつむ意味と雪を積む意味とを掛け、上句《かみのく》だけで「君がため」と同じ内容になっている。「袖のしをれぬる」は、雪の中で若菜をつんで袖がぬれると同時に、涙によってもぬれる意味が重ねられている。「しをる」は、俊頼が好んだ言葉の一つ。

　俊頼は、歌人としては大いに活躍したが、位《くらい》や役職では恵まれなかった。この歌は、めでたい正月に若菜をつみながら、新年であるためにいっそう、役職にめぐまれないまま年をとる悲しさがつのって泣いてしまう、というのだろう。雪の白さには古くから「頭《かしら》の雪」と言うように、白髪《しらが》のイメージもある。俊頼の時代には、「＊思へ君頭の雪をはらひつつ消えぬ先にと急ぐ心を」という＊赤染衛門《あかぞめえもん》の歌が、人々に広く知られていた。これは「我が子に早く官職を下さい」と、時の権力者に願い出た母親の歌だった。

降りかかりすることだ（古今集・春歌上・二一・光孝天皇）。

＊六字決まり―歌の六字めで取り札がどれかわかること。

＊子の日または七日―その年最初の子の日に、若菜をつんで粥《かゆ》にして食べる風習があった。平安後期ころには、七日に行われるようになった。

＊思へ君…―白髪にかかる雪をはらいながら、その雪のようにはかなく命が消える前に、わが子を官職につけたいと願う私の気持ちを、我が君よ、どうかお察し下さい（玄玄集・一三八・赤染衛門。今昔物語集・巻二四・第五一）。

＊赤染衛門―平安中期の女流歌人。

04

梅《うめ》が枝《え》に心も雪のかさなるを知らでや人の訪《と》へといふらむ

【出典】千載和歌集・春歌上・一六

おたくの梅の枝には、雪だけでなく私の心も行って十重《とえ》に重なっているのを知らないで、あなたは私に訪《と》えというのだろうか。

年下の友人藤原俊忠《としただ》*から「咲きそむる梅の立ち枝《え》にふる雪のかさなる数をとへとこそ思へ」という歌を贈られたことへの返事である。俊忠が、雪の朝に梅の枝に添《そ》えて「わが家の庭で咲きはじめた梅の枝に降りつもる雪の数を、十重と思うことだ」と言って来た。寒い日だけれど、このように梅の花も咲きはじめているから見に来てほしい、との気持ちである。そこで俊頼は、いやいや、私の心がすでに君の家に行っているから、梅の枝の雪もたく

【詞書】正月二十日ころ、雪の降りける朝に、家の梅を折りて俊頼朝臣につかはしける。

【語釈】○雪―「行き」と「雪」の掛詞。○訪へ―「十重」と「訪へ」の掛詞。

＊藤原俊忠―平安後期の歌人

さん重なっているんじゃないか、それに気づかないでもっと訪ねろと言うのかね、と応じた。

　このやりとりは『散木奇歌集』にも『*俊忠卿集《としただきょう》』にも載《の》っている。歌人なら、歌のやりとりはありふれたことだから、*贈答歌《ぞうとうか》でも、必ずしも双方の歌集に載っているとは限らない。二人ともに歌を記録にとどめたのは、これが思い出深くて、書きのこす価値のあるやりとりだったからだ。

　俊忠の歌は「*わが宿の梅の立ち枝《え》や見えつらむ思ひのほかに君が来ませる」という古歌《こか》をベースにしている。「梅の立ち枝」とあれば、相手には「わが宿の」の歌が思い出されるしかけだ。俊頼はもちろんそれを了解した上で、相手の歌から「雪のかさなる」と「とへ」とを取り、「とへ」だけではなく「雪」も掛詞《かけことば》にして切り返した。どちらも上手な歌で、これならやりとりも楽しかっただろう。

　俊忠は、『千載集』の撰者である俊成の父。堀河天皇の側近として、俊頼とは、堀河天皇時代の華やかな行事などでいっしょに活躍した仲である。俊頼よりも十六歳くらい若いが、やがて位や役職では俊頼をおいこして、従三《じゅさん》位《み》権中納言《ごんのちゅうなごん》にのぼった。

（一〇七一―一一二三、一説に一〇七三―）。

*俊忠卿集―藤原俊忠の個人歌集。

*贈答歌―人に贈ったり贈られたりした歌とその返事の歌。

*わが宿の…―私の家の梅の高くのびた枝が見えたのだろうか、思いがけずあなたが訪ねて下ったことだ（拾遺集・春・一五・平兼盛）。

05

春雨《はるさめ》は降りしむれども鶯《うぐひす》の声はしをれぬものにぞありける

【出典】金葉和歌集・春部・一六

春雨は万物を染めるようにしっとりと降るけれど、鶯の鳴き声は、雨に濡れ弱ることがなく美しく響くものであったよ。

【詞書】「皇后宮《こうごうのみや》にて人々歌つかうまつりけるに、雨中《あめのうちの》鶯《うぐひす》といへることをよめる」

【語釈】○降りしむれ―降って草木などを濡らし、色を染めるようである。○しをれ―草木が弱ったり、衣などがぐっしょり濡れる。

春雨が降る中で、鶯の体までも濡《ぬ》れているが、声は「ホーホケキョ！」と、高く澄んで響きわたるという。春雨が「降りしむ」とは、草木の生長をうながして、春らしい色に染《そ》めることでもあろう。また、雨が降ればあらゆる物が濡れるはずが、鶯の声だけは「しをれ」ない、濡れ弱って響きの悪い声にはなっていない、というところに、言葉のあそびもある。

この歌は、出来るだけ大きな声で音読《おんどく》してほしい。ゆったりとしたリズムが感じられ、音の流れのうちに、春雨の柔《やわ》らかな降り方や鶯の声などが自然と思い浮かべられるだろう。それは、「春雨は」というア段音の多い初句から、ウ段・オ段の音が落ち着きを作る「降りしむれども鶯の」につづき、四、五句目では「声は・ありける」と、カ行・ア段・エ段の音が明るさ強さを生み出しているからだ。その意味で、春らしい情景や音をうまく暗示する歌になっている。実際に雨の中でも鶯が声高く鳴くのかどうか、それはひとまず置いて、歌が私たちに与えてくれるイメージの中に心を遊ばせたい。

　春雨と鶯は、古くからたくさんうたわれて来た。しかし、この二つが一つの歌に詠《よ》まれることは少なかった。鶯は、梅の花や雪といっしょにうたわれるのがふつうだったのだ。けれども、俊頼の活躍した頃になると、それまでとは少しちがったうたい方が求められていた。この作品は*歌会《うたかい》に提出されたが、そこでは「雨の中で鳴く鶯」という少しひねった題が出ていた。そこで、春雨が降る情景と鶯の美しい声とを心に思い描いて、「しむ・しをる」の二語の音をも生かしながら雨と鶯とを結びつけたとき、この歌が生まれたのだろう。

　*鳥羽《とば》天皇の時代の歌で、俊頼が老練《ろうれん》の歌人となった頃の作品。

＊歌会―人々が集まって和歌を詠む会。事前に計画されて歌の題（テーマ）が示されることが多い。

＊鳥羽天皇―平安後期の天皇。堀河天皇の子（一一〇三―一一五六）。

06

山桜《やまざくら》咲きそめしよりひさかたの雲《くも》ゐに見ゆる滝《たき》の白糸

【出典】金葉和歌集・春部・五〇

遠い山で桜が咲きはじめた時から、はるかに空に見える滝の白糸よ。

たとえば桜の季節の吉野山《よしのやま》、とくに中千本《なかせんぼん》と言われるあたりのようすを、写真やテレビのニュースで見たという人は少なくないだろう。あるいは実際に出かけて花の吉野山を見物した人もいるかもしれない。ここでは吉野山のように山桜が密集《みっしゅう》して咲く山を、遠くから眺めることをイメージしてほしい。山桜の花は、今日《こんにち》我々が見なれたソメイヨシノよりも色が白い。その白い桜が咲いた頃から、かなたの山を見ると、山の斜面《しゃめん》に白い部分が広がって

【語釈】○ひさかたの―枕詞。「天」「月」「雲」「空」「光」などにかかる。○雲ゐ―雲のあるところ。空。○滝の白糸―滝の水を糸にたとえた表現。ここでは、桜の白い花を遠望したさまを、滝水にたとえている。

いき、それは滝の白い水しぶきを遠くから見ているのと同じように感じられる。この歌が描くのはそういう光景である。滝は、垂直に流れ落ちるものよりも、山あいの渓流《けいりゅう》が斜面を広がりながらすべる形を思い描くほうがふさわしい。山桜が咲きそめたという、平凡で少し繊細な感じのするうたい出しに続けて、ひたすらに広大な「ひさかたの雲ゐ」に見えるのは滝の白糸だ、と言い切った時、桜の山を遠望《えんぼう》した絵と、力強いリズムとが生み出された。

　これは『*高陽院《かやのいん》七番歌合《うたあわせ》』の「桜」題、右方《みぎかた》の歌。対する左方《ひだりかた》は*摂津《せっつ》の「*散り積もる庭をぞ見まし桜花風より先にたづねざりせば」。摂津の歌は、風より先に満開の桜をたずねることができた喜びをうたい、俊頼は、空の一郭《いっかく》として桜の山を見る雄大《ゆうだい》な構図をしめして、「近景」対「遠景」の勝負となった。読者は、目の前の桜をたたえながら花びらが散り積もる庭まで想像させる左歌の優美さと、大胆《だいたん》な比喩《ひゆ》でダイナミックな景色を描く右歌と、どちらに心をひかれるだろうか。この歌合の*判者《はんじゃ》は、俊頼の父*経信《つねのぶ》。左歌を「*心ばへをかしう」とほめ、右歌は「*きららかに詠まれたる」と評して、引き分けとした。両歌の長所をきちんと押さえて、勝負はつけられないとした判定に、共感できる。俊頼は、この時四十歳。

*高陽院七番歌合―寛治八年（一〇九四）八月十九日、前関白の藤原師実が自邸の高陽院で催した歌合。

*摂津―平安後期の女性歌人。生没年未詳。

*散り積もる…―花びらが散り積もった庭を見たことだろうよ。この桜花を、もしも風より先に尋ねなかったならば。

*判者―歌合で優劣を定める人。

*経信―平安後期の歌人（一〇一六―一〇九七）。

*心ばへをかしう―歌の風情がおもしろい。

*きららかに詠まれたる―きらびやかに美しくうたっている。

07

はかなしな小野の小山田《をやまだ》作りかね手をだにも君果《は》ては触れずや

【出典】新勅撰和歌集・雑部五・一三六八

頼りないことだ。小野にある山田を耕作できなくて、あなたはついには手をさえも触れないのだろうか。

【詞書】「春、つれづれに侍りければ、権大納言公実許につかはしける」

【左注】「返しはせで、やがてまうできて、いざさは花たづねにとなむさそひ侍りける」

【語釈】〇小野の小山田―小野

ある年の春、退屈だったのでこの沓《＊くつ》冠《かんむり》の歌を藤原公実《＊ふじわらのきんざね》に贈った。沓冠の歌では表面的な意味は重要でない。この場合は、「花を尋《たづ》ねて見ばや」、つまり、よい桜を求めて花見がしたいというメッセージを読み解くことが重要だ。歌を贈られたら歌で返事をするのがふつうだが、公実はすぐさま自分で俊頼のところにやって来て、花見に誘ったという。

『散木奇歌集《さんぼくきかしゅう》』には、もっと詳《くわ》しい説明がある。それによると、歌を贈った相手は公実一人ではなくて、*源国信《みなもとのくにざね》や*源顕仲《あきなか》らもいたらしい。残念ながら公実以外の人々がどう反応したのかは書かれていない。不在《ふざい》ですぐに歌を受け取れなかった人がいたかもしれないし、公実がすばやく行動したので、他の人は出る幕《まく》がなくて終わったのかもしれない。ただ、彼らの名にはその時の役職名が添えられているので、これがいつ頃のことなのか推定できる。これは堀河天皇の時代、年号で言うと長治《ちょうじ》から嘉承《かしょう》の初め（一一〇四―一一〇六）のことである。堀河天皇は詩歌《しいか》や音楽を大変に愛好し、身近に仕《つか》える貴族たちと一緒になって、風雅《ふうが》なイベントをたくさん行った。俊頼・公実・国信・顕仲らは天皇を囲んで盛んに活動していた人々のうちの主要メンバーで、頻繁《ひんぱん》に天皇の御前《ごぜん》で音楽を演奏し、和歌をよみ、*今様《いまよう》をうたったりした。そこには身分を越えた親密さがあったようだ。この歌からも、風流《ふうりゅう》であそび心にみちた交際がしのばれる。

物の名を歌によみ込むのは、古くは『万葉集』から見られる伝統的な技巧。堀河天皇周辺の歌人たちには、女流歌人をも含めて、こうした技巧的なあそびの歌が多く残されている。沓冠は文字の制約が多いために、どうしても言葉の流れがぎこちなくなってしまうが、これは沓冠の歌としては良く出来たほうだ。

（京都市山科区や同市左京区大原にあった地名）にある山間の田。○作りかね―耕作ができないで。

*沓冠―かな十文字の短文を、五七五七七の各句の頭（冠）と末（沓）に一字ずつ配置して詠み込む技巧。この歌では、「はかなしな小野の小山田つくりかね手をだにもきみ果ては触れずや」と文字を置く。

*藤原公実―平安後期の貴族で歌人（一〇五三―一一〇七）。

*源国信―平安後期の歌人。天永二年（一一一一）、四十三歳（一説に四十六歳）で没。

*源顕仲―平安後期の歌人（一〇五六―一一三八）。国信の異母兄。

*今様―平安中期から鎌倉初期にかけて流行した歌謡。

08

梢《こずゑ》には吹くとも見えで桜花《さくらばな》かほるぞ風のしるしなりける

【出典】金葉和歌集・春部・五九

梢には風が吹いているとも見えないで、あたりに桜の花の香りがただよっているところをみると、風のあるしるしなのだなあ。

前の歌と同じ堀河天皇時代の作。康和《こうわ》元年（一〇九九）三月二十八日、中宮《ちゅうぐう》のもとで*小弓《こゆみ》、*蹴鞠《けまり》、雅楽《ががく》、和歌の催しがおこなわれた時のもの。会場は*高陽院《かやのいん》で、関白師実《もろざね》の歌も残されている。

中宮*篤子《とくし》内親王は天皇の叔母《おば》にあたる人で、天皇とはだいぶ年齢が離れていたが、『*今鏡《いまかがみ》』によれば、天皇自身が「ぜひあの方を」と望んで迎えたお后《きさき》であった。和歌を好む風流な方面などで、心の通い合う夫婦だったと伝え

【詞書】堀河院御時、中宮御方にて「風閑かに花香る」といへる事をつかうまつれる。

【語釈】○見えで―見えないで。○しるし―あらわれ、証拠。

＊小弓―小ぶりの弓を射る貴族の遊戯。

られる。この中宮の御前《ごぜん》では、天皇の側近《そっきん》たちが歌を詠むことがたびたびあった。初めは、篤子内親王を養女《ようじょ》にして、その*入内《じゅだい》を取り仕切った関白師実が、一家を挙げて中宮を守り立てようとしたし、師実が亡くなった後でも、天皇が側近たちを動かして、中宮のところで和歌や音楽の会をもよおしたからである。そういう時に呼び集められるメンバーは、俊頼から「はかなしな」の沓冠《くつかんむり》歌を贈られた人々であり、それに加えて*藤原仲実《ふじわらのなかざね》ら、篤子内親王に以前から仕えた歌人たちであった。

　さて、この歌が作られた時の題は、風がしずかで花が香るという内容。満開の梢を見るかぎりでは、花が揺れていないから風があるようには見えないのだが、花の香りは確かに広がって、ここまでも届いている。ああ、これが風のある証拠だなあ、とうたう。題に沿ってさらさらと詠まれた、わかりやすい歌である。しかも美しい印象を残し、心ひかれる。人は「桜花」と聞くと、自然と美しく咲きほこる姿を連想させられるだろうし、そこへ「かほるぞ風の」あたりの音調が効いて、さわやかさを感じるのかもしれない。

　なお、風は静かなのに花が香る、とは、摂関家《せっかんけ》の栄華《えいが》と、その後見《こうけん》のもとにある天皇の御代《みよ》の安泰《あんたい》への、言葉による祝福でもあった。

*蹴鞠―鹿革で作った鞠を数人で蹴り、地面に落とさないようにして遊ぶ、貴族の遊戯。
*高陽院―はじめ藤原頼通が作った大邸宅。火災にあっては再建された。
*篤子内親王―後三条天皇皇女で、白河天皇の同母妹（一〇六〇―一一一四）。
*今鏡―歴史物語。藤原為経（寂超）著。嘉応二年（一一七〇）頃成立。
*入内―天皇の后として内裏に入ること。
*藤原仲実―平安後期の歌人、学者（一〇五七―一一一八）。

09

春霞《はるがすみ》たなびく浦は満《み》つ潮《しほ》に磯《いそ》こす波の音《をと》のみぞする

【出典】続拾遺和歌集・春歌上・三四

春霞がたなびいて何もかもかすんでいる浦は、潮が満ちて来るのにつれて、磯辺《いそべ》を越えて押し寄せる波の音ばかりがすることだ。

【語釈】○満つ潮に―海水が満ちるにつれて。○磯こす波―磯辺を越えて浜の内奥まで寄せる波。

春霞がたなびいた入り江では、一面にぼうっとしていて、波の形もはっきり見えないくらいである。しかし潮は満ちて来ているようで、荒磯《あらいそ》を越えて深く押し寄せる波の音がしきりに響いてくる。霞が視界《しかい》をさまたげているが、波音《なみおと》によって満潮《まんちょう》がわかる、という歌。

この歌の世界とはだいぶ違うが、波音が満潮と結びついた、小さな出来事を思い起こした。あるとき、沖《おき》をゆく船が空と海の間にあるのがむやみに面白く感じられて、水平線ばかりを夢中で眺めていると、突然、大きな波音が響いて、足もとに海水が押し寄せた。波音が高く近くなったことは、少し前からなんとなく感じていたのに、意識が十分にそちらへ行かなかったのだ。ほんの少女のころ、犬吠埼《いぬぼうさき》の下の磯でのことだ。残念ながら、霧のために波音で満潮を知るような状況は、経験していない。そもそも、そういう日には海岸に近づかなかったからだろう。

言うまでもなく、俊頼は想像でよんでいる。題は、「海辺の霞」。霞が立つ海辺の景色《けしき》をうたう場合、霞のためにあたりが見えないというのはごく平凡な言い方だが、俊頼の歌は、そこへ波の音を取り入れた点が新しくて面白い。海辺の霞は、「*田子《たご》の浦に霞のふかく見ゆるかな藻塩《もしほ》の煙《けぶり》たちやそふらん」のように、*藻塩を焼く煙と一体化しているとうたわれることが多くて、つまり視覚一辺倒《いっぺんとう》の表現になっていた。これは俊頼以前に海辺の霞を詠んだものが、*屏風歌《びょうぶうた》であったせいもあるだろうが、絵につける場合でも、題をよむ場合でも、想像力で歌の世界をつくり上げる。視覚と聴覚とを、一首に同時に生かしてよむ霞の歌は、俊頼によって初めて作られたと言ってよいだろう。これも、俊頼の晩年《ばんねん》の頃の歌。

*田子の浦に……—田子の浦に霞が深く見えることだ。浜辺で焼く藻塩の煙が立ちのぼって霞に加わっているためだろうか（拾遺集・雑春・一〇一八・能宣）。

*藻塩を焼く—塩をとるために、海水をかけて塩分をしみこませた海藻を焼く。

*屏風歌—屏風の絵柄に合わせて詠まれる歌。

10

白河《しらかは》の春の梢《こずゑ》を見渡せば松こそ花の絶え間《ま》なりけれ

【出典】詞花和歌集・春・二六

白河あたりで春の木々の梢を見渡すと、松の緑こそが白い花のとぎれ目であることだなあ。

この歌は少し問題がある。『散木奇歌集』には「白河の梢の空を見渡せば松こそ花の絶え間なりけれ」とあって、第二句が異なるのだ。当然ながら、一・二句の意味ばかりでなく、歌全体の内容も少し変わる。「白河の梢の空を」では、地名の白河が花の色の白との掛詞で、「名も白河の、白い梢が一面にうち続いて空と接しているようすを」の意味になる。だが、「白河の梢の空」のままでは、論理的でないし、言葉あそびの要素がめだつ。内容をつ

【語釈】○白河―京都北部の地名。鴨川の東で東山との間の地域をさす。

めこみすぎていると考えて、『*詞花集《しかしゅう》』の撰者が変えたのだろう。白河は平安時代中期から桜の名所になっている。その白河なら「白河の春の梢を」と言うほうがおだやかだし、梢を見渡すと言うだけで、視線が上を向いているとわかる。そこへ無理に空という言葉を持ちこむまでもない、と判断されたのだろう。実際、二つの形を比べると、『詞花集』の形のほうが、上品な叙景歌になっている。『*古来風体抄《こらいふうていしょう》』などでも「春の梢を」としているので、ひとまずこちらを採用した。

しかし、実は「白河の梢の空を」のままのほうが、俊頼の歌らしさが出ていると思う。多少の難点はあるかもしれないが、白い梢がうち続く空を見渡すのなら、「花の絶え間」は雲の絶え間ということにもなり、一首のスケールが大きくなってくる。その絶え間を作っているのは、めでたい常緑樹の松である。花の白と松の緑の鮮やかな対比《たいひ》、そんな情景と大胆な言葉づかいが一つになり、白河の花を楽しむ心のはずみも感じられる。

こうした、ちょっと非論理的で、大胆な表現でも、やってしまうのが俊頼という人だった。こうした方法で作り出された言葉や表現の新しさが、俊頼の歌の魅力なのである。

*詞花集―第六番目の勅撰和歌集。仁平元年（一一五一）成立。

*古来風体抄―歌論書。藤原俊成著。『万葉集』以下の諸集から秀歌を挙げて、歌の変化を説明し、批評したもの。建仁元年（一二〇一）成立。

11

掃《は》く人もなき古里《ふるさと》の庭《には》の面《おも》は花散りてこそ見るべかりけれ

【出典】詞花和歌集・春・三八

今では掃《は》ききよめる人もいない昔なじみの家の、庭の地面は、花が散った後こそ見るべきものだったのだなあ。

この歌は、出典である『詞花《しか》集』の詞書《ことばがき》にしたがって解釈すると次のようになる。人は住んでいるようだが、手入れの行き届かない荒れた家があって、もちろん庭も掃《は》いたりしている様子がない。ただ、その庭に桜があって、盛りを過ぎて散る花びらが、しきりに地面に舞い落ちては積もっていく。そのはかなく美しいさまは、「この荒れた家の庭は、こうなってこそ見るべきなのだなあ」と思わせる。荒れた家に美しい落花《らっか》という取り合わせの妙。

【詞書】住み荒らしたる家の庭に、桜花のひまなく散りつもりて侍りけるを見てよめる。

【語釈】○古里―昔なじみの場所。

しかし、『散木奇歌集』では、「落花庭に満つ」という情景を詠《よ》んだとあるのみ。「住み荒らしたる」以下の条件を取り払ってみると、少し違った解釈も成り立つだろう。つまり、きれいでもない昔なじみの家の庭は、花が散ってこそ見る価値があったよ、と落花の庭の美しさをうたいつつ、「掃く」と「面《おも》」には女性の化粧や顔のイメージを重ねる言葉あそびを含んでいるのではないか。つまり、大げさに言えば、掃く人のいない庭の地面は、化粧気のない顔で、花びらのおしろいで彩《いろど》られて美しくなる。また、化粧するような女性がいない昔なじみの家は、妻や恋人がもはやいなくなった、むかしの通《かよ》い所を暗示《あんじ》することにならないか。題の内容をさらりとうたうように見せて、実は少しばかり艶《つや》っぽくあそび心を添えている歌ではないかと思う。

『詞花集』の詞書は、どのような根拠によるものなのだろう。これは撰者であった藤原顕輔《*ふじわらのあきすけ》の解釈が表れているのではないか。荒れた庭に、はかなく散り積もる花びら、それがもたらす一時《ひととき》の彩り。そうした物語的な角度からこの歌を鑑賞しよう、ということではないか。しかし、俊頼の歌には言葉のあそびも多いし、それを楽しむのが俊頼の時代なのであった。

＊藤原顕輔―平安末期の歌人、批評家。詞花集の撰者（一〇九〇―一一五五）。

12

帰る春卯月《うづき》の忌《いみ》にさしこめてしばし御阿礼《みあれ》のほどまでも見ん

【出典】金葉和歌集・春部・九二

帰って行く春を、賀茂祭《かもまつり》の潔斎《けっさい》の忌《いみ》に閉じこめて、もうしばらく御阿礼《みあれ》の神事の頃までとどめておこう。

【詞書】摂政左大臣家にて、人々に三月尽の心をよませ侍りけるによめる。

【語釈】○帰る春―春が終わることを擬人化したもの。○卯月の忌―賀茂祭の関係者が、祭の前につつしみこもること。○さしこめて―戸

桜が散ってしまうことを惜《お》しむ気持ちは、今も昔もまったく変わらない。そして、桜に象徴される春が過ぎ去ることもまた、なごり惜しく感じられる。和歌の世界では、『古今集』の時代から、春の過ぎゆくことを惜しんでなげく惜春《せきしゅん》の歌が数多くよまれてきた。この歌も、春が去るのを引きとめたい気持ちをよんだものだが、四月の賀茂神社《かもじんじゃ》の祭の風習にからめてよんだ、ユーモラスな作である。

祭は、基本的に一日だけで行うものではなくて、準備や関連の神事《しんじ》などが何日間もつづく。祭をおこなう人々は、心身ともにきよらかな状態で祭にのぞむために、前もって酒や肉食をつつしみ、身体を洗うなどして、引きこもって生活する。それを賀茂祭では「卯月《うづき》の忌《いみ》」と呼ぶ。ここでは人間のように春にひきこもり生活をさせて、一連の行事の一つである御阿礼《みあれ》神事のころまで、つまり四月の中旬まで、閉じこめておこうという。春を擬人化《ぎじんか》するのは珍しくないが、春をとどめておく方法や期間を、こんなふうに具体的なことがらで言ったところが、生き生きとしていて、面白い。

賀茂祭は*葵祭《あおいまつり》とも言うが、今日では、御阿礼《みあれ》神事が五月十二日、本祭が十五日に行われる。賀茂神社は都の鬼門《きもん》の方角にあり、京都の*地主神《じしゅしん》をまつった重要な場所であった。*嵯峨《さが》天皇の時代からは、伊勢神宮にならって、未《み》婚《こん》の皇女《こうじょ》が神に仕えて賀茂*斎院《さいいん》と呼ばれた。神社と斎院を中心とした賀茂祭は、朝廷の重要行事であり、貴族たちにはなじみ深いものだった。俊頼は、堀河天皇の時代に、斎院にしばしば出入りしていた。*篳篥《ひちりき》の名手として知られていた彼は、歌だけでなく演奏会でも活躍したからだ。この歌は、俊頼が、神社や斎院になじんでいたこともあってできたのだろう。

を閉めた場所におしこめて。
○御阿礼―賀茂祭の三日前、四月の二回目の午《うま》の日に行われた、神霊を榊に移して迎える神事。

*賀茂神社―賀茂別雷《かもわけいかづち》神社（下鴨神社）と賀茂御祖《かもみおや》神社（上賀茂神社）の総称。

*葵祭―祭に奉仕する人々が、葵の葉と桂の枝を身につけたことから出た異称。

*地主神―その土地の主として、守護する神。

*嵯峨天皇―平安初期の天皇（七八六―八四二、在位八〇九―八二三）。

*斎院―賀茂神社に奉仕する斎《いつき》王《のみこ》の住む御所、及び斎王その人を言う。

*篳篥―雅楽の管楽器の一つ。

13

待ちかねて訪《たづ》ねざりせば時鳥《ほととぎす》たれとか山の峡《かひ》に鳴かまし

【出典】金葉和歌集・夏部・一一四

待ちきれなくて私がこうして山を訪れなかったならば、時鳥は誰のため、この山の谷で、鳴く甲斐《かい》があって鳴いたことだろうか。

【語釈】○訪ねざりせば―もしも訪ねなかったならば。末尾の「鳴かまし」とともに「…せば〜まし」の反実仮想を作る。○山の峡に鳴く―山あいの谷で鳴き甲斐があって鳴く。「峡《かひ》」と「甲斐」の掛詞。

時鳥は鶯や雁《かり》とともに、古くからうたわれてきた鳥で、とりわけその鳴き声に関係した歌が数えきれないほどよまれた。雁と同じく渡り鳥であるのに、長い間渡りが意識されず、ふだんは山に住む鳥と思われていた。夏の初めは山で鳴いて、次第に人里《ひとざと》にも下りてきて鳴くものだった。平安時代以降、さまざまな伝承《でんしょう》が生まれ、後には民話にも登場した鳥である。

さてこの時鳥、平安時代も前期と中期以降とでは、うたわれ方に違いがある。『古今集』の頃の時鳥の歌では、しきりに鳴くようすがうたわれることが多い。ところが、中期頃から、人々は時鳥の声を早く聞きたいと願って、時鳥を待つようになる。それにつれて、なかなか鳴いてくれないと嘆く歌が多くなり、ついには早く時鳥の声を聞きたくて山里に行って待つ内容にもなって行く。それと同時に、歌の中の時鳥はどんどん擬人化《ぎじんか》された。

この歌でも、待ちきれなくなって山の中に時鳥の声を求めたのである。そこで聞いた鳴き声に対して、この時鳥は、もしも私が訪ねて来なかったとしたら、一体誰のために鳴く甲斐《かい》があって鳴いたというのか、こうして私が来たからこそ、この谷で鳴く甲斐もあったのだ、と言う。時鳥だって聞いてくれる人がいてこそだろうと、鳥の心を想像しているのだ。

俊頼の時代は、時鳥は、さまざまな条件をつけてうたわれた。例えば、「笠取山の時鳥」などのように*歌枕《うたまくら》とのセットで、或いは「雨の中の時鳥」、「暁に時鳥をきく」などいろいろな状況設定でうたわれた。俊頼のこの歌も、もちろん実体験ではなくて、「谷に聞く時鳥」とでもいった設定なのであろう。『散木奇歌集』に、*八条入道の家でみんなで十首ずつ歌をよみあった時のものという。つまり、仲間とのあそびを兼ねた歌の会での作。

*歌枕—歌に詠まれる名所。

*八条入道—藤原顕仲《あきなか》（一〇五九—一一二九）かとされる。藤原顕仲は平安後期の歌人、保安元年（一一二〇）出家。

14

雪の色を盗みて咲ける卯《う》の花《はな》は冴《さ》えでや人に疑はるらむ

【出典】詞花和歌集・夏・五二

雪の色を盗みとって真白に咲いている卯の花は、雪のように見えながら冷えることがなくて、人から疑われるだろうか。

白い五弁花《ごべんか》が房のようにむらがって咲くウツギを見て、「あ、卯の花だ」と喜ぶ若い人は少ないかもしれない。日本では山や野に自生《じせい》していた木で、垣根に使われたりもした。今は公園などに植えられていることもある。梅雨の季節に咲いているので、五月雨《さみだれ》に「*卯の花くたし」の異名があった。

この花はその白さを強調してうたうことが多い。和歌では、そのものを他のものにたとえて表現する見立《みた》ての技法が多く使われるが、白いものは、雪

【語釈】○冴えでや―「冴ゆ」は、冷える。「で」は「～ないで」。「や」は疑問。○疑はる―「盗みて」の対になる語。漢詩には比喩で「偸《ぬすむ》」「疑」という表現があった。

*卯の花くたし―卯の花を腐

に見立てられることが多かった。例えば、散り敷いた桜の花びら、地面を照らす月光などが、雪のようだとうたわれたし、逆に、雪が枯れ木の枝につもるようすを花が咲くことに見立てたりした。ここでは、卯の花の白さが雪に見立てられている。雪なら寒く冷えてくるはずだが、そうではない。あれれ、てっきり雪だと思ったが、冷えてこないところをみると雪じゃなかったのか、なんて人から思われているんだろうな、卯の花は、というのである。なあんだ大げさな、ちょっとくだらない歌だね、と言われてしまうかもしれないが、見立てというのは、たとえ方の面白さを楽しむものである。大げさな、と思いながらも、ほう、そう来たか、と。

この歌では、「盗む」「疑ふ」という、歌ではふつう使われない言葉も一つのポイントである。実は「*雪の色をうばひて咲ける卯の花」という言い方が、*この歌以前に作られた。俊頼は、有名な古歌《こか》「*花の色は霞にこめて見せずとも香をだにぬすめ春の山風」をヒントに、「うばう」ではなく「盗む」と言って、「盗む」から「疑われる」と、言葉のあそびを仕掛《しか》けているのだ。一見すると奇抜《きばつ》すぎて、みやびな感じがないと思われるだろうが、俊頼のお得意のテクニックがわかる、楽しい歌。

らせるもの、という意味。

*雪の色を…—雪の色をうばひてさける卯の花に小野の里人ふゆごもりすな（金葉集・夏部・九八・藤原公実）（雪の白い色をうばって咲いている卯の花のせいで、小野の里の人よ、間違って冬ごもりしてはいけないよ）。

*この歌以前—公実は嘉承二年（一一〇七）に死去。俊頼の歌は、天永元年（一一一〇）の『源師時家歌合』のもの。

*花の色は…—花の色はかすみで閉じこめて見せないとしても、せめて香りだけはぬすんでくれ、春の山風よ（古今集・春歌下・九一・良岑宗貞）。

15

おぼつかないつか晴るべき侘《わ》び人《びと》の思ふ心や五月雨《さみだれ》の空

【出典】千載和歌集・夏歌・一七九

はっきりしないことだ。いつになったら晴れるのだろうか。失意の中でさびしく生きる私のような人の心なのか、この五月雨の空は。

太陽暦で生きている現代、五月は「さつき晴れ」とともにさわやかな新《しん》緑《りょく》の季節として語られることが多くなってしまった。若い世代には、今はふつう梅雨《つゆ》と呼んでいるものが、古典でいう五月雨なのだ、と説明しなければならないかもしれない。ここではまず、六月ごろの、あのうっとうしい日々をイメージしてもらいたい。

毎日のように、しとしとと、じとじとと、雨は降りつづく。やれやれ、いつに

【語釈】○おぼつかな—形容詞「おぼつかなし」の語幹。○侘び人—「侘《わ》ぶ」は思いどおりにならないことを悲しみなげく。

なったら晴れるのか。そう思って曇り空を見上げると、それがまるで自分の今の心もように見えてくる。そうか、五月雨の空は、よい役職に恵まれずにいて、明るい希望の持てないままにうつうつと暮らしている私の心と同じだったのか。だったら、明るく晴れる日がいつ来るか、わからないのも道理だ。晴れの日なんてこのまま来ないんじゃないかと思ってしまうくらいだ。そんな嘆きがこめられた歌。天気も、私の心も、スカッと晴れてほしいのだ。しかし、なかなか晴天への見通しがつかめない、と俊頼はいう。

俗にいう身分には、*位階《いかい》と*役職とがあって、二つはつながりあい、五位《ごい》以上が貴族と呼ばれる。正二位・*大納言《だいなごん》にまでのぼった父を持つ俊頼は、二十代前半の頃には、五位で*近衛少将《このえしょうしょう》の職だった。しかし、二十代後半には少将の職を終え、何年も内裏《だいり》にのぼることも出来ない状態になった。堀河天皇の時代になり、三十三歳頃に従四位下《じゅしいのげ》・*左京権大夫《さきょうのごんのたいふ》として内裏へもどったが、その後もなんと二十年近くそのままの身分で、年下の人々に追い越されつづけた。この歌は『堀河百首』中の一首。十四人ほどの歌人たちの百首歌がまとまり、天皇に奉《たてまつ》られた頃に、俊頼はやっと次の職にうつったようだが、この歌はまだまだ明るい見通しの見えない時期によまれた。

*位階―役人などの序列をしめすもの。上は一位から下は初位まで、三十階ある。
*役職―役人として担当するつとめ。大臣以下、各省や司に多数ある。
*大納言―大臣に次ぐ地位。
*近衛少将―近衛府（左・右の二つある）の三等官。
*左京権大夫―都の行政関係の事務をおこなった役所（左京職、右京職がある）の長官の、定員外の仮の職。

16

この里も夕立《ゆふだち》しけり浅茅生《あさぢふ》に露のすがらぬ草の葉もなし

【出典】金葉和歌集・夏部・一五〇

この里にも夕立があったのだ。チガヤが生えしげった辺りでは、露の玉がすがりついていない草の葉は一つもないよ。

大学生のころ、山に囲まれた小さな城下町《じょうかまち》に住んでいた。そこでは、町の半分にだけ雨が降り、あとの半分には降らないということがあった。雨上がりに大学を出て、町の中心にむかって歩いていくと、ある所から道路も屋根も完全に乾《かわ》いていたり、その逆のこともあったりした。周囲の山と雨雲《あまぐも》とが、いっしょになってするイタズラのように感じたものだった。

さて、この歌は「雨のあとの野の草」という題でよまれた。俊頼は旅人《たびびと》を

【詞書】二条関白の家にて雨後野草といへる事をよめる。（二条の関白藤原師通《もろみち》の家で、「雨の降った後の野の草」という題をよんだ歌）

【語釈】○浅茅生―チガヤの茂っているところ。チガヤはイネ科の多年草。○露のす

イメージして、道中で夕立のあとを見たとしたらこんな光景だろう、と想像した。「この里も」というから、思い描いたのは人家がポツポツある山里といったところか。自分はここに来る前に夕立にあったが、夕立はここにもやはり降ったらしい。チガヤの生えた道ばたや原っぱでは、どの葉にも雨水《あまみず》の露がついている。風がふいたなら、露はいっせいに落ちるだろうが、まだすがりつくようにして、雨の痕跡《こんせき》をとどめているのだ。

まるで近代短歌のような味わいの叙景歌だ。それは「夕立」や「すがる」あたりの言葉の新鮮さのためだ。夕立の歌は『万葉集』でも平安時代でも、多くなかった。実際の夕立の時によんだ歌をのぞけば、*曽禰好忠《そねのよしただ》や*能因《のういん》など、珍しい言葉をあえて使うタイプの歌人たちが目をつけて、ほんの少しよんだ程度である。動詞の「すがる」はもっと珍しく、ふつうならば歌には使わない。俊頼らしい冒険的な言葉の使い方だが、この場合はサマになっていて、面白い。四十歳すぎ頃の作。俊頼にはもう一首の夕立の歌「*十市《とをち》には夕立すらし久方の天《あめ》の香具山《かぐやま》雲がくれ行く」があり、こちらは*『新古今集』に採られた。『新古今集』以後は夕立の歌が流行し、中には「すがる」を使う歌もある。俊頼の影響は大きかった。

がらぬ―露がすがりついていない。

*曽禰好忠―平安中期の歌人。丹後掾《たんごのじょう》だったので「曽丹《そたん》後《ご》」・「曽丹《そたん》」とも。平安後期になってから評価された人。生没年未詳。

*能因―平安中期の歌人、評論家（九八八―没年未詳）。俗名、橘永愷《たちばなのながやす》。古曽部《こそべ》入道とも。

*十市には…―遠い十市《とおち》の里では夕立が降るようだ。天の香具山が雲に隠れて行くよ（新古今集・夏歌・二六六）。

*新古今集―元久二年（一二〇五）成立の第八番目の勅撰和歌集。後鳥羽上皇の命令で、藤原定家ら五人が撰んだ。

17

風ふけば蓮《はす》のうき葉に玉《たま》こえて涼《すず》しくなりぬ蜩《ひぐらし》の声

【出典】金葉和歌集・夏部・一四五

風がふくと、池にういた蓮の葉から露の玉がころがり落ちて、涼《すず》しくなったことだよ、蜩《ひぐらし》の声がひびくこの夕方は。

夕暮れをむかえる頃、池のあたりを風がふいて、水上の蓮の葉が急にゆれた。その時、葉の上を、水の玉がスルスルッところがり、水面にこぼれ落ちた。蓮をゆらした風は、池を見ている人の肌にも触れ、あたりにはヒグラシの声もひびいてきた。おお涼しいなあ、夏も盛りをすぎたな、とほっとしている感じだ。

蓮の葉と水の玉の動きが、くっきりと映像のように描き出されている歌。

【詞書】水風晩《くれ》ニ涼シといへることをよめる。

【語釈】○蓮のうき葉に玉こえて―池水に浮いたはすの葉の上を、露の玉がころがっておちて。○蜩―セミの一種。夏から秋にかけて、夜明けや夕暮れに高い声で鳴く。

いかにもさわやかな、美しい映像だ。その上に、視覚《しかく》でとらえたものだけでなく、触覚《しょくかく》や、聴覚《ちょうかく》もそろってはたらいて、夏の夕暮れのひとときの涼しさを表現している。「蓮のうき葉に玉こえて」は、例によって、わかりやすい言い方ではないが、目に映るものの状態と形と、そのすばやい動きとを、短い言葉でいおうとするなら、確かにこうなるのかな、と思わせる。

　ところで、この歌によまれている夏の終り頃の情景は、我々にはわかりやすい。しかし、ヒグラシの声は、和歌の伝統では秋のものだった。それを俊頼は、夏の歌でつかったのだ。夏でも少し涼しくなってきたよ、もうヒグラシの声もするよ。そういう気持ちなのだろうし、ヒグラシを六月によんでいた変わり者の歌人曽禰好忠《そねのよしただ》から学んだのかもしれない。俊頼は、歌会でも、その場にいる人々とは少しちがう発想《はっそう》をする人だった。

　ところで読者は、ヒグラシの声をどう思うのだろうか。私自身は、子供の頃には、ヒグラシの声が大きらいだった。「カナ、カナ、カナ」と高い声がひびいてくると、全身に、なんとも言えない悲しみとけだるさが押しよせた。カナカナ蟬《せみ》が鳴くようになれば、夏休みも後半で、その日も暮れてしまう。無意識的にそう思うことが、きらう原因だったのだろうか。

18

澄《す》みのぼる心や空を払《はら》ふらん雲の塵《ちり》ゐぬ秋の夜《よ》の月

【出典】金葉和歌集・秋部・一八八

澄《す》みきってのぼってゆく心が空を払いきよめているのだろうか。雲の塵《ちり》が一つも見あたらない、この秋の夜の美しい月よ。

【詞書】八月十五夜明月の心をよめる。

【語釈】○雲の塵ゐぬ―雲がまったくない。雲を「塵《ちり》」にたとえた。塵があることを「塵ゐる」という。

澄みきってのぼるものは、文脈では月だが、その月は擬人化《ぎじんか》されて、月をながめる人とほとんど一つになっている。澄みきった月をねがう心も、月といっしょに天空《てんくう》にのぼり、空に浮かぶ塵のような雲をみな払いのけた。だから月は汚《けが》れのないすがすがしい光を地上に放っているのだ。月を隠す雲は、「払ふ」という言葉に合わせて「塵」に見立てられた。それで月は、ちりひとつないまで磨《みが》きあげられた鏡のようになって、空に浮かんでいる。

『散木奇歌集』では長い序文がついていて、九月十三日の夜に、友人宅に歌の好きな仲間が集まり、「しずかに月を見る」という題でよんだ、とある。しかし、『金葉集《きんようしゅう》』では「八月十五夜の月」をよんだとする本*と、「九月十三夜」とする本とがある。どちらも明月《めいげつ》だが、実は、九月十三夜の月をうたうのは平安後期からで、新しい傾向である。

また、月と自分の心を一つにするようなうたい方も、俊頼の時代からふえた。『金葉集』のこの歌の次には「*月を見て思ふ心のままならば行方も知らずあくがれなまし」があり、月をながめるうちに心が遠くへうかれ出てゆく感じがうたわれている。こちらの作者は02でも触れた女流歌人の肥後《ひご》。俊頼は、ほかの歌仲間と同じに、肥後とも、歌人として影響を与えあったようだ。俊頼も彼女の家で「*あくがるる心の空にかよはずは誰《たれ》とか月の西へ行かまし」とよんだ。そんな、月に寄りそう心をうたう人々のことを考えていると、「お月様が私を見ている」「あるく先にいつもお月様がついて来る」と感じた子供のころを思い出す。

ところで、この「澄みのぼる」という句、俊頼の作った大ヒットフレーズと言えそうだ。俊頼の後、「澄みのぼる」とうたう月の歌が驚くほど多い。

*本——一般的な『金葉集』二度本では「八月十五夜」、三奏本では「九月十三夜」とする。

*月を見て……——もしも月をながめて心に思う気持ちのとおりにするのならば、どこともも行く先もわからないで浮かれ歩いただろうに（金葉集・秋部・一八九・肥後）。

*あくがるる……——思いこがれる私の心が空にとどかなかったならば、月はいったい誰といっしょに西へ行くのだろうか（散木奇歌集・秋部・四九一）。

19

山の端《は》に雲の衣《ころも》を脱《ぬ》ぎすててひとりも月の立ちのぼるかな

【出典】金葉和歌集・秋部・一九四

山の端に、衣のようにまとわりつく雲を脱ぎすてて、月はひとり大空に立ちのぼることだ。

【語釈】○雲の衣—雲を衣にたとえた。衣にたとえられるのは「霞《かすみ》」が一般的。○立ちのぼる—「立ち」は「立ち」「裁ち」の掛詞で、「裁ち」は衣の縁語。

よい事にはとかく障害《しようがい》の多いたとえとして「月にむら雲、花に風」という。月を隠《かく》しがちな雲を、体にまとわりつく衣にたとえたところが楽しい。京都は東も西も山である。その山の端《は》を出る時に、雲の衣をスパッとぬぎすて、月はひとりいさぎよく、大空《おおぞら》高くのぼるのだ。雲のかからない明月の、みずみずしい美しさを、大胆《だいたん》な、少々色っぽい表現でたたえた歌。また、月がのぼっていく動きをとらえたことで、力強さも感じさせる。

これは、06の山桜の歌と同じく『高陽院七番歌合《かやのいんしちばんうたあわせ》』の右方の歌。左方は前と同じ摂津《せっつ》で、「*照《て》る月の光さえゆく宿なれば秋の水にもつらら居にけり」との勝負になった。摂津は、月光が池の水面をさえざえと照らすようすをうたい、視線はおもに地上に向いていて、静寂《せいじゃく》を感じさせる歌である。空にある月そのもの、月の動きをうたった俊頼の歌とは、またもや正反対。「空」対「地」、「動」対「静」の真っ向勝負である。さて経信《つねのぶ》の判定は、というと、俊頼の勝ち。これは納得できる判定ではないか。

『高陽院七番歌合』は、前関白の師実《もろざね》が、豪邸の高陽院《かやのいん》で、摂関家《せっかんけ》の権威をしめすためにおこなった歌合《うたあわせ》である。さかのぼること六十年前、師実の父の*頼通《よりみち》が、やはり高陽院で*盛大な歌合を行っていたからである。しかし、時流にはさからえず、摂関家はこの頃、上皇《じょうこう》という新勢力に押されていた。だからこそ伝統のみやびの力を見せなければならなかったのだ。摂津の歌の「光さえゆく宿」あたりには、「いっそう光り輝くお屋敷だから」と摂関家への祝賀《しゅくが》もこめられている。摂津もさすがにうまいのである。その点では、俊頼の、すっくとたちのぼる月にも、同じ祝賀ムードを読み取ることができるかもしれない。それを考えても、ここはやっぱり俊頼の勝ち！

＊照る月の…—照っている月の光がますます冴えわたるお屋敷であるから、秋なのに水面に氷が張っているように見えることだ（金葉集・秋部・一九三）。

＊頼通—平安中期から後期にかけての摂政・関白（九九二—一〇七四）。道長の子。平等院を建て宇治殿と呼ばれた。

＊盛大な歌合—長元八年（一〇三五）五月十六日に高陽院の水閣で行われた。

20

初雁《はつかり》は雲《くも》ゐのよそに過ぎぬれど声《こゑ》は心に留《と》まるなりけり

【出典】風雅和歌集・秋上・五二六

この秋初めて見た雁は大空のむこうに飛び去ってしまったけれど、その鳴き声は後までも心に強く残ることだ。

【語釈】○留まる―立ち止まる。あとに残る。強く心ひかれる。

春に北へ去った雁は、秋に再び飛んで来る。群れをなして飛ぶ姿は、秋らしいものとして歌によまれ、物語や随筆にも描写されてきた。この歌では、その秋に初めて見た雁が、あっという間に大空のかなたに遠く飛び去って、姿は見えなくなったが、飛びながら鳴いた声が下界《げかい》に届いて、私の心にとどまったよ、という。姿＝過ぎ、声＝とまる、の対比《たいひ》がポイントである。すっきりした明快《めいかい》な歌。ただ、体は雲居《くもい》のよそに去っても声は心に残っているというところが、ちょっぴり物語めいていて、男女のひそやかな恋の場面などを思い起こさせる。雲居は、空のほかに、宮中《きゅうちゅう》をもいう言葉。また、『源氏物語』乙女《おとめ》の巻、光源氏《ひかるげんじ》の子夕霧《ゆうぎり》と、内大臣《ないだいじん》の娘雲居《くもい》の雁《かり》との、幼なじみの初恋物語は、俊頼の時代の人は、いや現代人でも、知る人は多い。

俊頼三十五歳の時の歌。歌合に出されたので、いつ作られたのかがはっきりしており、女性の参加者のために代作《だいさく》した歌だったこともわかる。藤原頼通の娘で*後冷泉天皇《ごれいぜいてんのう》の皇后《こうごう》だった*寛子《かんし》が、寛治《かんじ》三年（一〇八九）秋に宇治の別荘でもよおした扇合《おうぎあわせ》の時の歌なのである。ここでいう扇合は、扇に歌を書いて出し、その歌の優劣《ゆうれつ》をきそったものらしい。扇には絵を描くのがふつうなので、この時も歌だけではなくて、歌に合った絵もかかれていたのかもしれない。宇治の別荘とは、今の平等院《びょうどういん》とその一帯である。

俊頼のこの歌は、寛子に仕えていた*美濃《みの》という女性のものとして出され、勝っている。判者《はんじゃ》は、『高陽院《かやのいん》七番歌合』と同じく、俊頼の父経信《つねのぶ》がつとめた。代作するだけでなく、俊頼自身も参加していて、「*音羽山《おとはやま》もみぢ散るらし逢坂《あふさか》の関の小川に錦《にしき》をりかく」という歌で、大江匡房《おおえのまさふさ》ときそった。こちらの歌の勝敗は、記録が混乱していてわからない。

＊後冷泉天皇―平安中期の天皇（一〇二五―一〇六八）。
＊寛子―関白・師実の姉。四条宮とよばれた（一〇三六―一一二七）。
＊美濃―平安後期の歌人。源頼国の娘（一〇四一―一一二九）。
＊音羽山…―音羽山では紅葉が散っているらしい。山から流れる逢坂の関の小川には落ちた葉が錦を織るように美しく流れている（金葉集・秋部・二四六）。

21

むら雲や月の隈《くま》をばのごふらん晴れゆくままに照りまさるかな

【出典】金葉和歌集・秋部・二〇六

いくつもの雲が月の暗いところをふき取ったのだろうか。空が晴れていくにつれて月がますます美しく照りまさることだよ。

【語釈】○むら雲―むれになっている雲。○隈―かくれた所。くらい所。○ままに―動作をあらわすことばに付く。「…にしたがって」。

月面をなでるようにして流れたたくさんの雲が、月の翳《かげ》りをふき取って、月をいっそうかがやかせているのか、というちょっと楽しい見立《みた》ての歌。雲はふつう、月を隠す邪魔《じゃま》なものとしてうたわれるが、この歌では、月を美しくするおてがらの存在だ。顔の隈《くま》を、雲のようなふんわりパフでなでたあとは、隈が目立たなくなって顔がつやつやとしている、なんて、そのまま理想的なお化粧のようではないか。『堀河百首』の仲間でもあった藤原顕季《あきすえ》の家で、九月の十三夜《じゅうさんや》の月をよんだもの。

しかし、この歌、『散木奇歌集』では第五句が「晴れゆくたびに」となっていて、微妙なちがいがある。こちらだと、何度か雲が切れて月が見えるたびに、暗い部分が少なくなって輝《かがや》きがますのがわかるよ、とうたっている。最終的に月が美しく照るのは同じだが、雲が切れるたびに月がどんどん光をましていく、その途中をも楽しんでいるのだ。ただ、意味の違いはそんなに大きくはないし、音調は「晴れゆくままに」のほうがなだらかだ。それで『金葉集』にのせた時に少し手直ししたか、と考えられる。

だが、問題はもう少し複雑なようだ。同じ『金葉集』でも、「晴れゆくたびに」となっている本もあるからである。実は『金葉集』には、編集を命じた＊白河法皇《しらかわほうおう》が「これでよし」と満足するまでの、編集経過をかたる三種類の本があり、一般に『金葉集』として広まっているのは、実は二度めの本である。そのこともからんで、この歌は「たびに」と「ままに」のどちらの形だったのか、簡単には判断できない。

あなたなら、どちらを選ぶだろうか。私の考える俊頼は、「たびに」のほうにこだわるような気がするのだが。

＊白河法皇―平安後期の天皇（一〇五三―一一二九）。後三条天皇の子で、堀河天皇の父。初めて院政を行い、堀河・鳥羽・崇徳の三代にわたって実権をにぎった。永長元年（一〇九六）に出家して法皇となる。

22

うづら鳴く真野《まの》の入江《いりえ》の浜風《はまかぜ》に尾花《おばな》なみよる秋の夕暮れ

【出典】金葉和歌集・秋部・二三九

うずらが鳴く真野の入江に吹く浜風によって、すすきがいっせいに波うつように寄る、秋の夕暮れよ。

俊頼の秀作《しゅうさく》として後の歌人たちに高く評価された歌。うずらと言えば、『古今集』から『伊勢物語』に取り入れられた「*野とならばうづらとなきて年はへむかりにだにやは君が来ざらむ」が有名だが、これを除《のぞ》けば、平安前期も中期も、ほとんどうたわれなかった。それが俊頼の頃になって少しずつよまれるようになり、この歌の後は、『伊勢物語』の影響のもとで、荒れ野とセットでよむ歌が大いに流行した。

【詞書】堀河院御時、御前にておのおの題を探りて歌つかうまつりけるに、薄《すすき》を取りてつかまつれる。

【語釈】○うづら—鶉・キジ科の小鳥。卵も含めて食用になる。○真野—近江国の歌枕。○尾花—すすき。○な真野の入江は、滋賀県大津市堅田《かただ》の付近。現在の湖岸《こがん》よりもかなり西に入り込んだ場所らしい。ここを俊頼よりも先にうたったのは父の経信《つねのぶ》だけ。つまり、この歌の上句《かみのく》は、うずらといい真野の入江といい、珍しかった。下句《しものく》の「尾花なみよる秋の夕暮れ」がありふれた内容なのと対照的で、これは意《い》図的《とてき》なのだ。天皇の御前でくじ引き方式で題を取ったら、「すすき」だった。さて、すすきでどうやって新鮮《しんせん》な歌をよむか、それが問題だ。だから、あまりよまれないものや、ありふれていない場所が必要だったのだ。うずらの鳴き声がひびきわたる、さびしい真野の入江の夕暮れどき。群生《ぐんせい》するすすきに風が吹いて、すすきはそろって風下になびく。入江に打ち寄せる波のように、すすきの波もくり返し起こっている。新しいすすきのけしきだ。

　さて、そのうずらの声。荒れはてた野原のすごみのようなものを感じさせる声だと、昔の人は思ったのだ。そんな声だったかなあ、と不安になって、インターネットで確かめた。オスの声は*「ご吉祥《きっしょう》」と聞こえる。しかも、かなりけたたましい。現代人がイメージするわびしさからは、ずいぶん遠い。だが、すすきの原を吹く風の中で鳴いたとしたら……けたたましさがすごみになる感じが、少しわかるような気もした。

みよる―「なみ」は「並み」と「波」の掛詞。

*野とならば……―もしここが野となるならば、うずらになって「憂《う》（つらい）、辛《つら》（思いやりがない）」と鳴いて年月を送ろう。あなたは、ほんのかりにでも、うずら狩りにでもこないだろうか、いや来るだろう（古今集・雑歌下・九七二・よみ人しらず、伊勢物語・一二三段）。

*オスの声―うずらのオスは「ゴキッチョー」のように鳴く。

23

あすも来む野路《のぢ》の玉川萩《たまがははぎ》こえて色なる波《なみ》に月やどりけり

【出典】千載和歌集・秋歌上、二八一

あすも来てみよう。野路の玉川では、波が岸に咲きこぼれる萩の花をこえ、色づいて見えるところに月が映っていることよ。

【詞書】権中納言俊忠の桂の家にて、水上の月といへる心をよめる。

【語釈】○野路の玉川―近江国の歌枕。○色なる波―色がついている波。

野路にある玉川の岸辺では、萩が紫色の小さい花をたくさんつけている。水面に垂れた萩の細い枝を、波が越えるようにして川は流れ、波には少し花の色がついたように見える。そんな波には、折から、月までが映《うつ》りこんでいる。なんと美しいことだ、明日もまた来て見ようじゃないか。

「萩こえて色なる波」は、10の「白河の梢の空」、17の「蓮のうき葉に玉こえて」とおなじ、俊頼お得意の表現方法。いくつかのことを言葉を短くしてつめ込むために、つながり方がわかりにくい。しかし、まるで絵の一部分を一つずつ取り出して、上手にはめこむように言葉がつづくところは、なかなかまねができないだろう。歌の全体がこんな言葉づかいばかりだったら意味不明になってしまうが、最初の「明日も来よう」と、最後の「波に月が映っている」はわかりやすい。玉川という川をうたっていることもすぐにわかるから、二度、三度、くりかえし読むと、絵の全景《ぜんけい》が見える。

歌枕《うたまくら》の「玉川」には六つあって、「野路の玉川」は、俊頼より先によんだ人がいない。というよりも、この歌のおかげで歌枕になったと言える。野路は滋賀県*草津市の南部にある地名で、俊頼の山荘《さんそう》があった*田上《たなかみ》に近い場所。つまり俊頼には俗《ぞく》にいう土地カンがあったのだ。この玉川は、大きい川ではないだろう。野路という地名も、野中の道という意味から来たのだろうから、いかにも萩のような野の花がたくさん咲きそうだ。花の中を流れる川は、花の色を映して、月までも浮かべる。なるほど、行って見てみたくなるではないか。月は、明るい満月《まんげつ》なのだろう。夕月《ゆうづき》でもいいなあと、すこし思うのは、ずっと後世《こうせい》の「*何となく君に待たるる心地《ここち》して出《い》でし花野《はなの》の夕月夜《ゆうづくよ》かな」という歌を知ってしまっているせいだろうか。

*草津市―滋賀県南部、琵琶湖の東南端で、西側で大津市に接する。昔から、交通の要であった。

*田上―滋賀県大津市田上。瀬田川の東側で、石山と信楽《しがらき》の間の地。

*何となく…―何となくあなたが私を待っているような気がして、出かけて行った花咲く野辺の、美しい夕月の夜よ（与謝野晶子《よさのあきこ》）。

24

染《そ》めかけて籬《まがき》にさほす藤袴《ふぢばかま》まだきも鳥の踏《ふ》み散《ち》らすかな

【出典】堀河百首・蘭《ふぢばかま》・六六四

少しずつ紫に染めて垣根《かきね》にほす袴《はかま》ではないが、垣根のところに咲きはじめたうす紫の藤袴の花を、早くも鳥がふみちらすことだよ。

【語釈】○籬―竹や柴などをあんでつくった垣。○さほす―ちょっとほす。さらす。○藤袴―古くは「らに（蘭）」ともいう。キク科の多年草。全体によい香りがあり、うす紫の花をつける。高さ約一メートル。秋の七草のひとつ。○まだきも―早くも。

秋の草花の一つフジバカマの花が、きれいに咲きはじめたところを、鳥がふみ荒らしてしまう、という歌。花の名や古い歌を利用したイメージの重ね方がちょっと面白い。歌人のテクニックがよくわかる。

上句《かみのく》では、紫色のはかまを垣根に干してある光景と、フジバカマが何本も垣根のそばに咲くようすとが、藤袴の名を利用して重ねられている。ただし、この掛詞《かけことば》は、フジバカマの歌ではありふれたものである。「染めかけて」は、少しずつ色を濃くしていく染めの途中であることと、フジバカマがうすい紫色であることとを言う。*「さほ姫の糸そめかくる青柳を吹きな乱しそ春の初風」という平兼盛《たいらのかねもり》の歌が、一世紀以上も前によまれていて、よく知られていた。つまり、柳《やなぎ》の枝《えだ》を緑色の糸に見立てた古い歌から、色を紫に変えて「染めかける」を持ってきたわけだ。

一方、下句《しものく》の「鳥の踏み散らす」は、『古今集』の物名の歌*「わが宿の花踏みしだくとりうたむのはなければやここにしも来る」を下敷《したじ》きにしている。野には花がないからか、鳥が庭の花を踏みあらす、という内容の歌に、「竜胆《りうたむ》の花《はな》」を隠してよみこんでいる。言うまでもなく、竜胆＝リンドウも秋の花で、紫色。俊頼は、色も季節も同じ野の花をよんだ歌を、花をずらして利用した。「まだきも」とは、上句からの流れで、はかまがまだ染め終わらないのに、ということと、物名の歌をふまえて、フジバカマが咲きはじめたばかりなのだから、野にも花があるだろうに、の気持ちとを掛《か》けている。

古くからある歌集にしたしんで、過去の言葉をよくまなび、うまく利用する。そして、目新しい表現のしかたや新しい内容を生み出す。それが俊頼の時代の和歌がめざしたものだったし、俊頼以後の和歌も同じである。

＊さほ姫の……——春の女神の佐保姫が糸を染めはじめているように、枝が緑に色づきはじめている青柳を、吹き乱すなよ、春の初風よ（天徳内裏歌合・六　兼盛集・九三）。

＊わが宿の……——私の家の花をふみつけてあらす鳥をうちはらおう。野原には花がないからか、ここにばかり来ることだ（古今集・物名・四四二・友則）。

25

さを鹿《しか》のなく音《ね》は野べに聞こゆれど涙は床《とこ》のものにぞありける

【出典】千載和歌集・秋歌下・三一〇

牡鹿《おじか》が牝鹿《めじか》を呼んで鳴く声は野原のほうから聞こえてくるが、その声をきいて流す私の涙は寝床《ねどこ》の中ものであったよ。

【詞書】田上《たなかみ》の山里にて鹿のなくを聞きてよみ侍りける。

【語釈】○さを鹿―牡鹿《おじか》の美称。○床―寝床。

*奥山に……―奥深い山で紅葉をふみ分けながら鳴く鹿の声を聞く時に、しみじみ秋は悲しいと感じる（古今集・

『百人一首』に、「*奥山《おくやま》に紅葉《もみぢ》ふみわけなく鹿のこゑきく時ぞ秋は悲しき」があるように、鹿の声は昔からたくさんの歌によまれた。鹿の鳴き声は、ケンカなどの時をのぞけば、基本的にカン高い。中でも、秋、発情期のオスは、「ミュウウーン」と、高音でふり絞《しぼ》るようにして長鳴《ながな》きする。聞くものに悲しみを感じさせるような声である。これが妻を恋う声として、人間の恋愛と重ねてうたわれることが多かったのだ。

この歌も、牡鹿《おじか》の声に悲しく切《せつ》ない気持ちを呼び起こされて、思わず涙を流してしまうという、伝統的な心情《しんじょう》をうたっている。しかし、「野べ」の鹿と、「床《とこ》」にいる自分とが、距離がありながらも一体化されているところに、俊頼らしい表現のあそびと新しさがある。下句の「涙は床《とこ》のものだ」とは、今まさに一人寝《ひとりね》のふとんの中で涙をこぼしている、つまり、野原の鹿の声を悲しく感じるような余裕《よゆう》のある状況ではなくて、鹿と自分が心情的に一つになっていることを言う。野べと室内の床《とこ》、音《ね》と涙は対《つい》を意識した言葉づかい。また、和歌では「なく音《ね》」と言えば、寝室で恋の苦しみに泣くイメージだから、涙は床《とこ》で流れる、と言った。

これは田上《たなかみ》の山荘でよまれた歌の一つ。琵琶湖《びわこ》の真南、瀬田川《せたがわ》の左岸《さがん》一帯の山は田上山と呼ばれて、奈良時代から都の土木・建築工事のための木材が切り出された場所であった。ここを流れる*田上川も、冬に*網代《あじろ》をつくって皇室用の*氷魚《ひお》をとる場所として、山・川ともに朝廷《ちょうてい》が管理していた。ここには経信《つねのぶ》・俊頼の山荘があり、田上でよまれた歌は多い。場所がら、鹿の声も珍しくはない。ここでよまれた俊頼の歌は、のちの人によって『散木奇歌集』から抜き出され、『田上集《たなかみしゅう》』としてまとめられたりもした。

秋歌上・二一五・よみ人しらず）。

*田上川―田上を流れ、瀬田川に合流する大戸《だいと》川。

*網代―竹や柴をあんだものを網の代わりにして魚をとるしかけ。

*氷魚―アユの稚魚《ちぎょ》。体が氷のようにすきとおっている。秋の末から冬にかけてとれる。

26

嵐《あらし》をや葉守《はもり》の神もたたるらん月に紅葉《もみぢ》の手向《たむ》けしつれば

【出典】金葉和歌集・秋部・二一七

木の葉をまもる神も、嵐を気にくわないと罰《ばっ》をあたえようとするだろうか。嵐が紅葉を散らして、月にそなえてしまったのだから。

これも俊頼らしい言い回しの、面白い歌。月夜《つきよ》に強い風が吹いて、美しい紅葉は空に舞《ま》い散《ち》ってしまった。まるで、空にいる月に、紅葉をお供えしたようだ。これじゃ葉を守っている神様がおいかりになって、強風《きょうふう》に対して罰をあたえるんじゃないかね。「月前の落葉」題の歌。

「たたる」には少しドキッとしてしまう。それに「葉守の神」も、耳なれない神様だ。しかし、これにはちゃんと先例がある。『後撰集《ごせんしゅう》』雑歌二にあ

【語釈】○嵐―荒く激しい風。○葉守の神―葉を守る神、木の神。○たたる―祟《たた》る。神仏・怨霊《おんりょう》などがわざわいをする。罰をあたえる。○手向け―神仏などに物をそなえること。

郵 便 は が き

料金受取人払郵便

神田支店
承認

3458

差出有効期間
平成 25 年 2 月
28 日まで

101-8791

504

東京都千代田区猿楽町 2-2-3

笠間書院 営業部 行

■ 注 文 書 ■

◎お近くに書店がない場合はこのハガキをご利用下さい。送料 380 円にてお送りいたします。

書名 冊数

書名 冊数

書名 冊数

お名前

ご住所 〒

お電話

コレクション日本歌人選●ご連絡ハガキ

●これからのより良い本作りのためにご感想・ご希望などお聞かせ下さい。
●また「コレクション日本歌人選」の資料請求にお使い下さい。

この本の書名＿＿＿＿＿＿＿＿＿＿＿＿＿＿＿＿＿＿＿＿

本はがきのご感想は、お名前をのぞき新聞広告や帯などでご紹介させていただくことがあります。ご了承ください。

■本書を何でお知りになりましたか（複数回答可）

1. 書店で見て　2. 広告を見て（媒体名　　　　　　　　）
3. 雑誌で見て（媒体名　　　　　　　　）
4. インターネットで見て（サイト名　　　　　　　　）
5. 小社目録等で見て　6. 知人から聞いて　7. その他（　　　　　　　　）

■コレクション日本歌人選のパンフレットを希望する

はい　・　いいえ

■コレクション日本歌人選・刊行情報（刊行中毎月・無料）を希望する
ご登録いただくと、毎月刊行される歌人の本がわかり、便利です。

はい　・　いいえ

■小社PR誌『リポート笠間』（年1回刊・無料）をお送りしますか

はい　・　いいえ

◎上記にはいとお答えいただいた方のみご記入下さい。

お名前

ご住所　〒

お電話

ご提供いただいた情報は、個人情報を含まない統計的な資料を作成するためにのみ利用させていただきます。個人情報はその目的以外では利用いたしません。

る「*楢《なら》の葉の葉守の神のましけるを知らでぞ折りし祟りなさるな」だ。『大和物語』六十八段にものっていて、こちらでは、楢の葉ではなく、柏木《かしわぎ》の葉になっている。よその家に葉を求めた*枇杷左大臣《びわのさだいじん》が、苦情を言われて、葉を守る神がいるなんて知らなかったのだと、相手を神にたとえてあやまった歌。俊頼と同時代の*藤原基俊《もととし》にも「*玉柏《たまかしわ》しげりにけりな五月雨《さみだれ》に葉守の神の標《しめ》はふるまで」という歌があり、これ以後の葉守の歌でもみな柏の葉がうたわれている。葉守の神は、『大和物語』の影響というべきなのだろう。

さらに、『百人一首』に「*このたびは幣《ぬさ》もとりあへず手向山《たむけやま》紅葉の錦《にしき》神のまにまに」があるように、美しい紅葉は、神にたむけられるものとしてうたわれていた。俊頼はこれらにヒントを得たのだ。月光の中で散る紅葉をおしむ気持ちをうたうために、神にたむけられるはずの紅葉を、嵐が月にたむけたから、葉守の神のたたりをうけるだろう、と言った。基俊は『大和物語』のままに柏木で葉守の神をうたっているが、俊頼のほうはひとひねりして、紅葉の歌に持ってきた。この基俊と俊頼とは年齢もほぼ同じで、ともに歌人として活躍し、和歌についての研究や批評をおこなうなど、共通する点が多い。しかし、俊頼が革新派《かくしんは》なのに対して、基俊は保守派《ほしゅは》だった。

*楢の葉の…―楢の葉を守る神がおいでになるのを知らないで折ってしまった。祟りをなさらないで下さい（後撰集・雑歌二・一一八三・枇杷左大臣）。

*枇杷左大臣―藤原仲平。平安中期の貴族（八七五―九四五）。

*藤原基俊―平安後期の歌人・批評家（一〇五六、一説に一〇六〇―一一四二）。

*玉柏…―柏の木はこの五月雨の中でしげったことだ。葉守の神をまつるために注《し》連縄《めなわ》をはるまでに（新古今集・夏歌・二三〇）。

*このたびは…―このたびの旅は急なことで幣《ぬさ》の用意もない。手向山には、色とりどりの紅葉の錦を神のおぼしめしのままに幣としてたてまつることだ（古今集・羇旅・四二〇・菅原道真）。

27

古里《ふるさと》は散るもみぢ葉にうづもれて軒《のき》のしのぶに秋風ぞふく

【出典】新古今和歌集・秋歌下・五三三

昔住んだ家は散る紅葉の葉にすっかり埋もれて、軒に生えたしのぶ草に、昔をしのぶところに、秋風がふくことだ。

これは障子《しょうじ》の絵の場面をうたったもの。昔なじみの家は、すっかり荒れ果てて、庭も何もかも、散る紅葉《もみじ》にうずもれようとしている。黄、茶、朱と、色あいもさまざまな紅葉が降りつもるさまは少し華やかだが、人のいる気配やあたたかさはない。いたんだ軒にはシノブが生えている。その名も昔をしのぶという草だが、そこにも秋風がふく。紅葉を散らし、軒のシノブをふきなびかせる風だけが動きをつくるが、その音もかすかだ。

【詞書】障子の絵に、あれたる宿にもみぢ散りたる所をよめる。

【語釈】○しのぶ―植物のシノブと昔を「しのぶ」意の掛詞。○秋風―「秋」は「飽き」と掛詞になることが多い。ここは「飽き」をイメこのように読みとくと、いかにも新古今ごのみの歌である。*藤原定家《ふじわらのさだいえ》が、「*何とも言えない微妙で深い味わいがあり、全体の情景がかすかで、寂しい光景だ」と批評している。下句を見ると、「しのぶ」の掛詞だけでなく、昔をしのぶことと秋風にひびく「飽《あ》き」との対比など、言葉のあそびもあるのだが、それに目新しい派手さがないから、結果的に新古今調の上品な叙景歌《じょけいか》になっている。

俊頼には、新しい表現を求めて、珍しさがきわだつ言葉をつかったり、あるいは短い句にいくつもの内容をつめこむようなところがあったりして、いろいろに工夫した歌が多い。その一方、定家らに高く評価されたような余《よ》情《じょう》のあるすっきりとした歌もあって、歌の印象がさまざまで豊かである。だから同時代の他の歌人たち、基俊らも肩を並べることはできなかった。

しのぶ草は、荒れた家のようすをわかりやすくしめす一種のシンボル。『万葉集』や『古今集』からずっと使われているが、掛詞にしやすく便利なこともあって、平安後期からは文字どおり山ほど使われた。ノキシノブをいうことが多い。荒れいたんだ軒から、樹木の幹、岩にまでも、胞子《ほうし》が風に飛ばされてくっつき、根をはるというたくましいシダ植物。

ージさせる程度。「飽き」は「しのぶ」の対。

＊藤原定家―鎌倉前期の歌人、批評家、学者（一一六二―一二四一）。俊成の子。後世に歌聖として仰がれた。

＊何とも言えない―定家の著作『近代秀歌』の一節を意訳したもの。

28

明《あ》けぬともなほ秋風はおとづれて野辺《のべ》のけしきよ面変《おもがは》りすな

【出典】千載和歌集・秋歌下・三八四

夜があけて秋が終わってしまうとしても、やはり秋の風は訪れてきて、野原のけしきよ、ようすが変わらないでいてくれよ。

【詞書】雲居寺《うんごじ》の結縁経の後宴《ごえん》に、歌合し侍りけるに、九月尽《がつじん》の心をよみ侍りける。

【語釈】○明けぬとも―九月の最後の夜が明けてしまうとしても。○面変り―顔つきが変わること、ようすが変わること。

「九月が終わる日」という題の歌。昔のこよみでは、九月は秋の最後の月。それで、九月の終わりは秋という季節の終わりだと、人々は思った。『古今集』の頃から、たとえば春・秋の巻では、立春《りっしゅん》・立秋《りっしゅう》の歌が最初だが、弥生《やよい》のつごもり・長月《ながつき》のつごもりが最後、というふうに、季節の終わりではこよみの月末《つきずえ》が意識されていたのだ。

秋の最後の日である今日、この夜があければ冬になってしまうが、もしそうなっても、やはり秋の風はふいて、その風にふかれる野原のようすは、変わらないでいてほしい、との気持ちである。また、秋風と野辺《のべ》を人にたとえて、秋風に男性を、野辺に女性を重ねてもいるだろう。秋は飽きと掛けても使われる。その場合、秋風が訪れるとは、男の浮気《うわき》の暗示《あんじ》にもなる。「面変り」は、顔がやつれて変化すること。そこで、裏に一つの物語的な文脈ができる。恋しい人とすごすこの夜があけた後も、なおも男はたずねて来るが、そのうち女に飽きて浮気をする。女のほうはそれをうわさに聞いて、悲しみにくれるだろうが、そうなっても変わらず美しいままでいてほしいものだ。

　この歌、よまれた当時も「おとづれて」の「て」が話題になったらしい。落ち着きが悪い「て」なのだ。秋という季節が終わるのをおしむ気持ちでは、秋風は変わらず訪れてほしい。風が野辺のすすきや秋の花をゆらすのは、とても秋らしいけしきだ。ただし、風にふかれるうちに草や花が枯れていくのは寂《さび》しいから、野原は変わらないでいてほしい。そういう複雑な文脈をつくる「なほ秋風はおとづれて」。

　これがよまれたのは、*雲居寺《うんごじ》という寺で、俊頼の兄の基綱《もとつな》が結縁《けちえん》経供養《きょうくよう》というものを行い、供養のあとに仏にたむける意味もかねて歌合《うたあわせ》をした時

*雲居寺―京都市東山区にあった寺。平安前期に創建され、のちに瞻西《せんさい》が阿弥陀如来像を造立し、念仏をすすめる寺として知られたが、応仁の乱で焼失。

である。結縁《けちえん》経供養《きょうくよう》とは、人々が集まってお経を書き写し、それを仏にささげて、極楽《ごくらく》へ行けるように仏と縁を結ぶこと。基綱は、永久《えいきゅう》四年（一一一六）に*大宰府《だざいふ》の長官をかねることになり、九州へ出発する前の八月に、身内や親しい人々とともに雲居寺に経をおさめて供養《くよう》したのであった。従二位権中納言にのぼっていた基綱は、この時六十八歳。生きて都にもどれないかもしれない、と思ったのだろう。実際に、彼は赴任《ふにん》した翌年、大宰府で死去した。基綱、俊頼らの父・経信《つねのぶ》も、なんと八十歳で、長官として大宰府に赴任していて、二年後に亡くなっている。経信に関係した歌は後でとり上げるが、親子二代、九州に下《くだ》って死んでいるわけで、平安貴族も楽ではなかった。

この時の歌合では、俊頼のライバル的な歌人である藤原基俊《もととし》が、判者《はんじゃ》をつとめた。俊頼の歌は、歌合の最後に、この寺の住職である*瞻西上人《せんさいしょうにん》ときそう形で出された。瞻西は歌人としても活躍したお坊さんで、『千載集《せんざいしゅう》』では瞻西の歌「*唐錦《からにしき》幣《ぬさ》にたちもてゆく秋は今日《けふ》や手向《たむ》けの山路《やまぢ》こゆらん」も並んでいる。基俊は、瞻西の歌には「上句に紅葉という言葉などがあればよかった」、俊頼の歌には「『なほ秋風はおとづれて』のところ、言葉の続きぐあいが優美でない」と言い、両方の欠点をあげて、引き分けにした。

*大宰府―奈良時代から筑前国におかれた役所。九州全般を統括し、国の守りや外交などを行った。

*瞻西上人―平安後期の僧、歌人（生年未詳―一一二七）。

*唐錦…―美しい紅葉を神にささげる幣として持ち去っていく秋は、今日はあの手向山の道を越えているのだろうか（千載集・秋歌下・三八三）。

瞻西の歌の「幣《ぬさ》」「手向《たむ》けの山路」は、基綱が九州に旅立つことを意識した言葉だ。俊頼の歌の「おとづれて」や「面変りすな」にも、無事に都にもどって来てほしいという気持ちがこめられているだろう。いや、この歌合では、多くの歌に、悲しげな言葉や涙のイメージがある。参加者には基綱や俊頼と同年代の人たちが多いから、当然なのかもしれない。基綱自身は月の歌で「*年をへていつもながむる秋なれどいさまだかかる月をこそ見ね」を出した。これほどすばらしい月は見たことがないよ、とうたっている。美しい明《めい》月《げつ》に仏のみちびきを重ねて、仏と縁を結んだ今は心強い、というのだろう。この時代、月は、仏の教えとみちびきのイメージにもなっていて、その方面でも盛んにうたわれた。

大宰府の長官は、名誉も利得もある役職だから、経信も基綱も老体《ろうたい》をおして赴任した。しかし、父に付きそって大宰府に下り、遺骨《いこつ》をだいて帰京した俊頼が、それから二十年後、今度は兄を見送ることになった。その心のうちにはやはり悲痛なものがあったのではないだろうか。この歌には、うたわれた背景がからんでいるように思われる。

＊年をへて…―長年いつも月をながめて物を思う秋だが、さあまだこれほどの月は見たことはない（雲居寺結縁経後宴歌合・一三）。

29

いかばかり秋の名残《なごり》をながめまし今朝《けさ》は木《こ》の葉《は》に嵐《あらし》ふかずは

【出典】千載和歌集・冬歌・三八八

どれほどに秋のなごりを惜しんでながめたことだろう。今朝、この木の葉に、葉を散らす強風がふくことがなかったならば。

【語釈】○いかばかり—どれほどに。○嵐ふかずは—もしも嵐がふかなかったならば。「ずは」は上句の「まし」とセットになる。「〜ずは…まし」で、もしも〜ならば…だろうに、の意味。

もう冬になったことを、秋の名残をけちらす強風《きょうふう》によって、いやおうなく知らされた。今朝はねぇ、あの強い風さえふかなかったら、どんなにか、残りの紅葉をながめながら、しんみり秋のなごりを味わっただろうに、と。『千載集』に入ったことが納得できる、しみじみと余韻《よいん》のある歌。

これは『堀河百首』の初冬《しょとう》の歌だった。面白いことに、『千載集』と『堀河百首』では歌の言葉のちがいはないが、なぜか『散木奇歌集』だけは結句《けっく》

がちがう。下句だけしめすと、「けさは木の葉に時雨《しぐれ》ふらずは」となってい
るのだ。昔は物語も歌集もみな、手で書《か》き写《うつ》されて伝えられたから、写しま
ちがいもあるだろうが、この場合は、単純なまちがいとは考えにくい。俊頼
がのちに自分で直した可能性もある。「時雨ふらずは」ならば、時雨が木の
葉をいためて散らす、と考えられる。また、「今朝は木の葉に」を「今朝、
萩《はぎ》の葉に」と読んで、萩に時雨がふってむざんなことになったという解釈も
あるようだ。「今朝は……」という言いかたは、叙景歌でも恋歌《こいうた》でも多いが、
この歌の場合、名残、ながめ、今朝は、と並べてみると、恋歌めいた雰囲気
をそえている、という見方ができる。すると、涙を意味する時雨は、恋歌ら
しさで嵐よりふさわしい点もあるかもしれない。

ここでは、「木の葉」に「この」の意味もこめられているとみて訳した。
上句では「秋の名残」とは何かがはっきりしないが、下句に掛詞を考えて
「この、木の葉」とみると、木に残っていた紅葉に、秋のなごりを見ようとし
ていたことがはっきり伝わると思うからだ。そして、時雨よりも嵐のほうが
やはりふさわしいと思う。秋をなごりおしく思うセンチメンタルな気分を、
風が一気にさましてしまった。冬は木枯《こが》らしの季節！

30

日暮《く》るればあふ人もなし正木《まさき》散る峰《みね》の嵐《あらし》の音ばかりして

【出典】新古今和歌集・冬歌・五五七

日が暮れるとこの山道では行きあう人もいない。ただ、正木のかずらが散る山の頂上に吹く、強い風の音ばかりがして。

この歌は俊頼の代表作の一つとして、後世の歌人や批評家によって何度も取り上げられている。ただ、『散木奇歌集』では、「日暮るれどあふ人もなしまさき散る峰は嵐の音ばかりして」とある。小さなちがいに見えるが、歌の印象も内容もちがってくる。『新古今集』では、その歌風《かふう》にふさわしく変えられたことがわかるし、その形でこそ後世に評価された歌であった。『散木奇歌集』のままならば「日が暮れたけれども、行きあう人がまった

【詞書】深山紅葉といへる心を。

【語釈】○正木―まさきのかずら。葛の一種で、つるは神事につかう鬘《かづら》（頭にかぶるもの）の材料になる。「定家かづら」ともいう。

くいない。正木のかずらが散るこの山頂では、ただ強い風の音ばかりがすることだ」となる。つまり、歌の中の人物は今まさに山頂《さんちょう》あたりの道を歩いている。日が暮れたのに、まったく行きあう人がない。山仕事から帰る人にでもあうことがあれば、人里《ひとざと》を知ってそこへ行くこともできようが、ただ荒《あら》い風の音を聞くばかりで心細い。そんな情景がうたわれている。

しかし、『新古今集』のほうでは、歌の中の人物は、寂しい山道にいることは同じでも、山頂ではないだろう。山頂のほうから聞こえてくる強い風の音に、以前のぼった時にでも見た、正木のかずらが散るようすを、思い起こしているのだ。こちらの形だと、情景は、今いる場所と記憶にある山頂のそれとで、二重になっている。声に出してうたうと、その複雑さから生み出される効果が一段とまして、調べもよい。

このちがいが、俊頼の生きた時代の歌と、新古今時代の歌とのちがいを教えてくれる。作品が作り出す美しさの質では、言うまでもなく『新古今集』のほうが上である。ただ、私はもとの形のほうに親しみを持つ。人のぬくもりを求めようとする気持ちを感じるし、実生活と歌とが分かれきっていない未完成な感じがちょっといとおしいのだ。

31

はし鷹《たか》をとり飼《か》ふ沢《さは》に影《かげ》みればわが身もともに鳥屋《とや》がへりせり

【出典】金葉和歌集・冬部・二八二

はし鷹にえさを与えるときに、川にうつった自分のすがたをみると、鷹の毛が白く抜けかわるのといっしょで自分も白髪になっていることだ。

【語釈】○はし鷹―ハイタカ。小型のタカの一種。○とり飼ふ―えさを与えてやしなう。○影―ここでは、姿かたち。○鳥屋がへり―タカの毛が抜けかわること。

*鷹匠―タカをやしなって馴らし、鷹狩りに従事する役。

*鷹匠《たかじょう》とよばれる人々が、少数だが今もいて、伝統のわざを受け継いでいるということを、二、三年前、テレビ番組で見て知って、感動した。似たようなものでも、*鵜飼《うかい》はいまや観光の目玉になったから、受け継がれやすいだろうが、鷹飼《たかが》いのほうは大変だろうと感じたものだ。

古くから屏風歌《びょうぶうた》にもよまれていた鷹狩《たかが》りには、秋の小鷹《こたか》狩りと、冬の大鷹《おおたか》狩りとがあった。つまり同じ鷹狩りでもつかわれる鳥がちがい、行われる季節も獲物《えもの》もちがった。はし鷹は小鷹のひとつ。しかし、平安時代も、後半期の鷹狩りの歌では、はし鷹が多くうたわれていて、冬の歌になっている。おまけに、歌の内容も変化して、はし鷹は、以前は毛が抜けかわることと一緒に恋歌でよまれていた。それが、この俊頼の歌では自分の老《お》いをなげく内容になっている。ひとくちに平安時代の歌と言っても、背景にある貴族たちの社会や生活が変化していくから、うたわれる内容も傾向もずいぶんちがってくる。平安時代は長かったのだ。

俊頼は自分を鷹飼《たかが》いの人に重《かさ》ねてうたっている。鷹は夏の終わりから冬にかけて毛が抜けかわるので、その間は鳥屋《とや》、つまり小屋に帰ってこもる。それで毛の抜けかわりを「とがへる」「鳥屋がへる」という。鷹にはとった獲物の肉の一部を水で洗って与えるのだそうだ。川のそばにいるところがうたわれたのはそのためである。ところが水にうつった自分はすっかり白髪頭になっている。ちょうど腕にのせた鷹の白い羽毛《うもう》のように。

俊頼は、五十歳前によんだ『堀河百首』でも、思うように出世できないで年をとる悲しみをさんざんうたっているが、気の毒にも、不遇《ふぐう》のなげきはその後なおもつづく、生涯のテーマになってしまった。

＊鵜飼―鵜《う》を飼いならし、鵜を使って川であゆをとる漁。今は長良川が有名。

32

衣手《ころもで》の冴《さ》えゆくままにしもとゆふ葛城山《かづらきやま》に雪はふりつつ

【出典】金葉和歌集・冬部・二九八

袖のあたりが冷え冷えとしていくにつれて、あの葛城山に雪はふりつづくのだ。

【詞書】雪歌とてよめる。

【語釈】○衣手―袖。○しもとゆふ―「しもと」は若木の細枝。切った枝をかずらでしばって束にすることから、葛《かずら》にかかる枕詞。○葛城山―大和国の歌枕。

現代の人も、自転車に乗ったり、歩いたりしていて、手もとやほおにあたる風をつめたく感じる時に、そろそろ冬なんだなと思う。そして、その前には、富士山の初冠雪《はつかんせつ》とか、高山に降った雪のニュースが流れている。

いにしえの葛城山《かづらきやま》は、奈良県と大阪府の境にそびえる金剛山《こんごうさん》をさすという。標高一一二五メートル。いま葛城山と呼ばれるのはその北側の九五九メートルの山。葛城山と言えば、*役行者《えんのぎょうじゃ》が山の神に岩橋《いわはし》を掛けさせようとし

*役行者―奈良時代の山岳修

たが、神は己《おのれ》のみにくい姿を恥じて夜しか働かなかったという伝説で知られる。その夜にだけ行動する神様と未完成の橋とのために、葛城山はもっぱら恋の歌によまれる山であった。『古今集』の大歌所御歌《おおうたどころのみうた》に＊「しもとゆふ葛城山にふる雪のまなく時なくおもほゆるかな」という歌があり、これが俊頼の歌のベースである。『古今集』の歌は、神前《しんぜん》で舞われる＊大和舞《やまとまい》の歌詞として収められているのだが、いつもいつも思うことだという下句からみて、もとは恋歌である。俊頼はそれを純粋な叙景歌に仕立てなおした。

四、五年前、春三月に金剛山へ登ったとき、中腹《ちゅうふく》のロープウェイ駅あたりの風がむやみにつめたいと思ったら、山頂駅につくと吹雪《ふぶき》だった。この時から、葛城山の雪には本当に実感がわく。それこそ晩秋から春のなかばまで、「まなく時なく」雪がふったにちがいないと思えるし、平城京《へいじょうきょう》であれ、平安京《へいあんきょう》であれ、みやこの人が、ちかごろは袖口《そでぐち》のあたりが寒くなって来たな、と感じる頃には、山頂ではもう雪が積もりはじめていただろう。

「衣手」は『万葉集』の昔から寒さをうたう時に使われる言葉で、ひるがえったり濡《ぬ》れたりする場合には「袖《そで》」という。「冴える」は冬の冷えこんだ感じをあらわし、平安後期に冬の歌で流行した。

行者。伝説的な人物で、葛城山にすんで修行し、吉野の金峰山《きんぶせん》・大峰などを開いた。役小角《えんのおづぬ》とも。

＊しもとゆふ……—柴を束ねるかずらと言う名の葛城山にふる雪がひっきりなしであるように、いつもいつも思うことだ（古今集・一〇七〇）。

＊大和舞—雅楽の舞の一つ。大和地方の歌舞から採り入れられた。

33

柴《しば》の庵《いほ》のねやの荒れまにもる雪はわがかりそめの上着《うはぎ》なりけり

【出典】散木奇歌集・第四・六六二

そまつな家の寝室の、すきまから入り込むこの雪は、私が間に合わせに掛けて寝る衣《ころも》なのだなあ。

【詞書】田上の山里にて、臥《ふ》したる所に雪のもりきたるをみてよめる。

【語釈】○柴の庵―雑木で屋根をふくような、そまつな小屋。○荒れま―すきま。○かりそめ―一時的なこと。○上着―ここは寝るときに

これは田上《たなかみ》の生活の中でよまれた歌の一つ。家の中に雪が入り込むという、つらい状況を、これじゃ雪が夜《よる》の衣《ころも》だなあ、と面白がっているもの。この歌のとおりに、掛けて寝る衣になるくらいに雪が入り込むとしたら、山荘は本当におそまつな感じがする。しかし、ここには息子が何度も滞在《たいざい》したり、都の知人が訪ねて来たりしている。それに、俊頼はここで寒い季節も暮らしたのだ。手入れが行き届かないところがいくらかあって、真冬の吹雪《ふぶき》

で、雪が舞い込んだりしたのだろうが、おおげさにうたってもいるはずだ。田上は、たぬきの焼き物で有名な信楽《しがらき》の西側、石山寺《いしやまでら》からは瀬田川《せたがわ》を挟んで東南にあたる。今は、大津市街に近いほうが住宅地になりつつあるらしいが、田上高原と呼ばれるところから、夏は涼しく冬は寒いと察《さつ》しがつく。俊頼の時代の田上は、木材をきり出し、氷魚《ひお》をとる山里だった。あまりに木をとりすぎて、中世からは、数百年間、山が丸はだかだったほどだという。俊頼の山荘が田上のどの辺にあったのかはまったく不明。しかし、私は勝手に、田上川と呼ばれた大戸《だいど》川の北側あたりを想像して楽しんでいる。

ところでこの歌は、「柴の庵」を取りのけると、あとは「ねや」に「かりそめ」と、恋歌的なムードが目につく。『後拾遺集《ごしゅういしゅう》』に、*小式部内侍《こしきぶのないし》をめぐる恋のさや当ての*有名な贈答歌があって、そこで「上着」もつかわれている。さらに「荒れま」は隙《ひま》と同じ意味で、隙ならば「*津の国の葦《あし》の八重ぶき隙をなみ恋しき人にあはぬ頃かな」などの古歌《こか》があり、やはり恋歌に関係した言葉である。つまり、そまつなわが家にもれる雪を笑いとばすような歌は、恋歌的なあそびで彩《いろど》られているのだ。こういうところが昔の歌の楽しさだ。これを、ややこしい、とは思わないでほしい。

掛ける衣。

*小式部内侍—平安中期の歌人。和泉式部《いずみしきぶ》の娘（生年未詳—一〇二五）。

*有名な贈答歌—後拾遺集・雑歌二・九一一・九一二。

*津の国の…—摂津国の、芦で何重にもあつくふいた屋根はすきまがないように、空いた時間がないので、恋しい人にあえないでいるこのごろだ（古今和歌六帖・第二・一二五八）。

34

君《きみ》が代《よ》は松の上葉《うはば》にをく露《つゆ》のつもりて四方《よも》の海となるまで

【出典】金葉和歌集・賀部・三一一

あなたさまの御代《みよ》は、いつも緑色をした松の葉の上におく露が、たまりにたまって国のまわりの海になるまで、長くつづいてほしい。

【詞書】百首歌中に祝《いはひ》の心をよめる。

【語釈】○四方の海―東西南北の海。

「君が代は千代《ちよ》に八千代《やちよ》にさざれ石の巌《いはほ》となりて苔《こけ》のむすまで」*とまったく同じパターンの歌。もっとも、俊頼の歌の露は、あつまれば大量の水になりえるが、国歌《こくか》「君が代」の歌詞《かし》のほうの、小石が成長して大岩になるということは、ありえない。こちらは中国の伝説から持ってきた発想だ。もちろん、露だって、人為的《じんいてき》にためない限りは、地面に落ちるか蒸発《じょうはつ》するかだから、まあ似たりよったりではある。

*君が代は…―あなたさまの御代は、千年も何千年も、小石が大岩となって苔が生えるまで、長くつづいてほ

祝いの歌は、非科学的であれ何であれ、とにかく具体的な小さなものから大きなものができること、それにかかるだろう長い長い時間をイメージさせることさえできればいいのだ。そのはるかな、気の遠くなるような時間を、歌をささげる相手の寿命《じゅみょう》や、天皇がおさめる時間にたとえるのである。長くあってほしいという祈りは、言葉にし、声に出してうたうことで力を持つ、と人々は考えていた。だから、こういう歌では、いつものパターンが大切でもある。水戸《みと》黄門《こうもん》の印籠《いんろう》のように、それが出ることで一定のおさまりがつき、安心できるのだ。

この俊頼の歌のいいところは、まず上句で、緑ふかい松の、つややかな針のような葉に露がやどっている、美しく繊細《せんさい》なようすが、クローズアップされる点にある。そして、その露が透明《とうめい》なしずくとなって光りながら落ち、水があつまるイメージに変わると、たちまちに海へ、それもぐるりと国土をとりまく、青く雄大《ゆうだい》な海にズームアウトされていく。このイメージの広がりかたはおおげさなのに、無理がない。われわれ日本人は、細い谷川が大河になり、やがて海に流れ出ることになじんでいるのだ。バックに箏曲《そうきょく》「春の海」を流したくなる。これぞ美しき日本！

しい（古今集・賀歌・三四三。もとの初句は「わが君は」）。

35

曇《くも》りなく豊《とよ》さかのぼる朝日《あさひ》には君ぞつかへん万代《よろづよ》までに

【出典】金葉和歌集・賀部・三二三

曇りなくかがやきながらのぼる朝日には、あなたさまがずっとお仕えするだろう、万年も先までも。

朝日は伊勢神宮にまつられている天照大神《あまてらすおおみかみ》のシンボルである。この神さまは皇室の先祖。だから、伊勢神宮には天皇の娘や孫娘がつかえて*斎宮《さいぐう》とよばれ、国の平和を祈る祭祀《さいし》に奉仕していた。鳥羽《とば》天皇の時代には、白河院《しらかわいん》の娘である姰子《じゅんし》内親王がつとめていた。俊頼は、この斎宮の*外祖父《がいそふ》にあたる藤*原季実《すえざね》とつきあいがあったので、季実が斎宮の役所の長官になったときに伊勢に招かれた。二度にわたって伊勢に行き、何ヶ月も滞在している。俊頼の

【詞書】前斎宮伊勢におはしましける時、石投取合《いしなとりあはせ》せさせ給ひけるに、祝の心をよめる。

【語釈】○豊さかのぼる―きらきら輝きながらのぼる。祝詞《のりと》にある言葉。

*斎宮―神につかえる皇女を

コレクション日本歌人選［全60冊］

Collected Works of Japanese Poets

【編集】和歌文学会
編集委員＝松村雄二（代表）
田中登・稲田利徳・小池一行・長崎健
笠間書院

【価格】定価：本体1,200円（税別）

うたの森に、ようこそ。

柿本人麻呂から寺山修司、塚本邦雄まで、日本の代表的歌人の秀歌そのものを、堪能できるように編んだ、初めてのアンソロジー、全六〇冊。

特別付録●和歌用語解説

●人生のインデックス

最上川の上空にして残れるは
いまだうつくしき虹の断片
（『白き山』昭二十一、六十五歳）

数ある斎藤茂吉詠の中で、何とも合点の行かない一首でした。消えかかって残ってる虹なら、まわりはぼやけてるはず。「断片」じゃ、イメージが違う。茂吉ともあろう者が、何だ、おかしいじゃない。

ところがです。生れてはじめての東北旅行で、列車が名取川を渡る時、ふっと上を見たら、ありました！　青い空に、ぼやけるどころか、かっきりと角（かど）の立った平行四辺形の、まさに虹の「断片」が、一つならず、二つ、三つ、鮮かな七色に輝いて。茂吉が見たのは、これなんだ。ほんとなんだ。感銘しました。

歌って、こういうものなんです。「和歌はワカらない」なんて、利いた風に言う方があるけど、人生、何でもわかっちゃったらつまらないじゃありませんか。わからないから気になる。気になるから覚えてる。そしてある日ある時、実感として「アッ！」とわかったら、それは自分だけの、一生の財産。歌は、和歌は、その為のインデックスです。

短かくて、リズムがあって、きれいで覚えやすい。初期万葉以来千四百年、御先祖様が残して下さった、自然と人生のインデックス。利用しない手はありません。わかっても、わからなくても、声を出してくりかえし読んで下さい。そうしてなぜか心にとまった何首かが、いつか必ず何かの形で、あなたのお役に立つ事を保証いたします。

岩佐美代子
国文学者

［推薦］岩佐美代子・篠弘・松岡正剛・橋本治

コレクション日本歌人選に寄せて

篠　弘

●伝統詩から学ぶ

　啄木の『一握の砂』、牧水の『別離』、さらに白秋の『桐の花』、茂吉の『赤光』が出てから、百年を迎えようとしている。こうした近代の短歌は、人間を詠みうる詩形として復活してきた。しかし、実生活や実人生を詠むばかりではなかった。その基調に、己が風土を見つめ、豊穣な自然を描出するという、万葉以来の美意識が深く作用していたことを忘れてはならない。季節感に富んだ風物と心情との一体化が如実に試みられていた。

　この企画の出発によって、若い詩歌人たちが、秀歌の魅力を知る絶好の機会となるであろう。また和歌の研究者も、その深処を解明するために実作を始められてほしい。そうした果敢なる挑戦をうながすものとなるにちがいない。多くの秀歌に遭遇しうる至福の企画である。

松岡正剛

●日本精神史の正体

　和泉式部がひそんで塚本邦雄がさんざめく。道真がタテに歌って啄木がヨコに詠む。西行法師が往時を彷徨して寺山修司が現在を走る。実に痛快で切実な組み立てだ。こういう詩歌人のコレクションはなかった。待ちどおしい。

　和歌・短歌というものは日本人の背骨であって、日本語の源泉である。日本の文学史そのものであって、日本精神史の正体なのである。そのへんのことはこのコレクションのすぐれた解説を読まれるといい。

　その一方で、和歌や短歌には今日のメールやツイッターに通じる軽みや速さや愉快がある。たちまち手に取れるし、目に綾をつくってくれる。漢字・旧仮名・ルビを含めて、このショートメッセージの大群からそういう表情をぞんぶんにも楽しまれたい。

橋本　治

●夢の浮橋へ

　「美しい日本語」を言う人は多い。しかもそこには「分かりやすい」という条件がつく。「美しい日本語」と「分かりやすさ」は同居しない。なぜかと言えば、「伝える」と「伝わる」の間には、なんらかのギャップがあってしかるべきだからだ。言葉はそのギャップの間にかかる橋で、それが常に平坦な土橋である必要もない。コンクリートの橋である必要も。日本語の「かくあらんかし」という提要が和歌の中にあるのは決まっている。胸の中に生まれる和歌という夢の浮橋から日本人が日本語をスタートさせた以上、我々はもう一度和歌のエッセンスを胸に宿す必要があるのだ。

電話03-3295-1331　Fax03-3294-0996　メール info@kasamashoin.co.jp
お葉書= 〒101-0064　東京都千代田区猿楽町2-2-3
笠間書院「コレクション日本歌人選」係

晩年の頃である。これは、斎宮の御所で石投取《いしなと》りがおこなわれた時の歌。

三重県明和《めいわ》町に斎宮《さいくう》とよばれる地区があり、昔はここに都から下ってきた斎宮《さいぐう》のための御所や役所があった。伊勢神宮の北西十キロメートルぐらいの場所である。いま近鉄山田線斎宮《さいくう》駅のそばに、「いつきのみや歴史体験館」と、十分の一に復元された御所と役所の模型があり、さらに駅から十五分ほど歩いたところに「斎宮歴史博物館」もある。これらをめぐると、楽しく散歩しながら斎宮の生活を知ることができる。おだやかな、住みやすそうな土地だ。しかし、都から、肉親と別れてやってくる皇女《こうじょ》には、やはりさびしい暮らしだったにちがいない。だから斎宮の御所では、斎宮の心をなぐさめるために、折にふれてイベントがおこなわれた。石投取《いしなと》りもその一つだ。

石投取《いしなと》りは、小石をつかうお手玉のようなあそび。小石をばらまいておき、一つの小石を投げ上げて、それが落ちる前に別の石と投げた石とをとる。俊頼のこの歌は、小石の大きさにつくった*草子《そうし》に書かれたのだそうだ。

万年《まんねん》も先まで朝日につかえる、とは、いまの天皇の治世《ちせい》がおだやかに長くつづき、斎宮さまも長生きをして神宮につかえることができますように、という祈りの言葉である。内容にふさわしい、風格のある歌。

「いつきのみこ」という。伊勢神宮につかえる「いつきのみこ」は斎宮とよばれた。
*外祖父―母方の祖父。
*藤原季実―平安後期の貴族。生没年未詳。

*草子―紙を数枚とじた、今のノートのようなもの。

36

夜《よ》とともに玉ちる床《とこ》のすが枕《まくら》見せばや人に夜半《よは》のけしきを

【出典】金葉和歌集・恋部上・三八七

夜になるといつも恋しさのあまりの涙が玉になってちる、私の寝床の菅《すげ》の枕。あの人に見せたいものだ、私の夜更けの一人寝《ひとりね》のようすを。

【詞書】国信卿《くにざね》家歌合に、夜半《よは》の恋の心をよめる。

【語釈】○夜とともに―「夜《よ》」に「世」をかける。「世とともに」は、いつもの意。○見せばや―見せたい。

相手を恋しくおもう時も、相手の冷淡《れいたん》さになく時も、とめどなく涙が落ちて枕をぬらす、そのようすをおおげさにうたうのが恋歌のおきまりの一つ。つかわれるたとえや言葉が美しければ、なおよい。

この歌の場合、相手への切ない思いに泣くことを、玉《たま》がちると言った。涙が美しくたとえられたのだ。ところが、枕はスゲを束《たば》にしてつくったもの。スゲはご存じ、山にも野にも生えている、細く先のとがった葉をもつ草。種類も多くて、古くから葉で笠《かさ》や蓑《*みの》をつくっていた。玉と寝床の美しくロマンチックな感じは、スゲの枕でイメージが一新される。スゲにちがちるなら、それは野原の草に夜露《よつゆ》がついたようすである。そして下句「あなたに私の夜更けのようすを見せたい」につづく。泣いている私を見せたい、というのは、恋歌では珍しくない言いかただ。しかし、この歌では、私は夜露《よつゆ》にぬれる野の草のように、涙にぐっしょりぬれながら、一人わびしく寝ている、ということになる。つらくわびしい感じをつよめるのに、スゲの枕を持ってきた。それで、ありふれた表現にちょっと新鮮さがくわわった恋歌になった。

「すが枕」は『万葉集』にあった言葉で、平安時代でつかったのは、俊頼が最初だろう。ものすごく斬新《ざんしん》だったわけだ。この歌は、堀河天皇の側近の歌人、源国信《くにざね》が、康和《こうわ》二年（一一〇〇）四月、自宅で恋歌ばかりの歌合《うたあわせ》をした時のもの。「初恋」から「長年の恋」まで、恋の進行にあわせた五つの題で行われたが、恋歌ばかりの歌合というのも、これまた新しいものだった。この歌合に参加したのは、堀河天皇と中宮篤子《とくし》の周囲の歌人たち。この本では07、08でもふれた。国信、俊頼らは、時代のトレンドをつくっている。この時代の新しい動きが、のちの時代に大きな影響をおよぼすのだ。

＊蓑—カヤやスゲなどの茎葉をあんでつくった雨具。

37

君恋《こ》ふと鳴海《なるみ》の浦の浜《はま》ひさぎ萎《しを》れてのみも年《とし》を経《ふ》るかな

【出典】新古今和歌集・恋歌二・一〇八五

あなたを恋するようになった私は、鳴海《なるみ》の浦の浜ひさぎがいつも波にぬれているように、いつも恋しさで涙にぬれるばかりでいて何年もたつことだ。

【詞書】年を経たる恋といへる心をよみ侍りける。

【語釈】○鳴海の浦―尾張国の歌枕。現在の名古屋市緑区付近。ここでは「鳴海」に「なる身」が掛けられている。

これもうまいテクニックと、よまれた当時は新しかった要素《ようそ》とがあふれている歌。36と同じ時のもの。ここでは、題材としても、テクニックでも中心である「浜ひさぎ」が、ちょっと困りものだ。浜に生える久木《ひさぎ》と説明されるが、久木には、アカメガシワ説とキササゲ説とがある。どちらも山や野に自《じ》生《せい》していて、柏《かしわ》に似た大きな葉があること、たくましくて、がけや川岸でも種が運ばれたら生えることなどが共通する。しかし、鳴海の浦のような干潟《ひがた》タイプの、波にぬれる浜でも生えているのか。技《わざ》とイメージで歌をよむのだから、細かい点には目をつぶれ、と言って片づけられるのだが、私自身が、頭の中に正確な絵を描きたいほうなので、やはり悩むのだ。

さて、そのテクニックだが、まず、あなたを恋うようになる身の鳴海の浦、の掛詞《かけことば》。鳴海の浦をよんだ歌は平安中期から少しあって、みな掛詞だが、俊頼以前は、すべて現地、つまり尾張《おわり》国でよまれていた。つづく「浜ひさぎ」は、「波間《*なみま》より見ゆる小島の浜ひさぎ久しくなりぬ妹《いも》にあはずて」という、『万葉集』からきた古歌《こか》がベースにある。この歌の「浜ひさぎ」は音のくり返しで「久しく」を引き出すはたらきをする。だから俊頼も、浜ひさぎから何年もたつことを言い、同時に、波間に見える小島にある久木が、ぬれているように思われることを利用した。元歌《もとうた》のほかに浜ひさぎをよんだのは、これも俊頼が最初だろう。付け加えると、うたい出しの「君恋ふと」は、袖がぬれることとセットになっていて、『後撰集《ごせんしゅう》』などでは見られるものの、あまり多くはつかわれていない言いまわしだった。

こんなふうに、技《わざ》とイメージで歌をよんでいても、言葉の調子は自然で、音が美しく流れていく。そこが歌人・俊頼のすばらしいところだ。

＊波間より―波の間に見える小島に生えた浜ひさぎ。ひさしくなってしまったよ、あなたに逢わないでいて（古今六帖・第六・四三一三、万葉集・巻十一・二七五三）。

38

数ならで世に住《すみ》の江《え》の澪標《みをつくし》いつを待《ま》つともなき身なりけり

【出典】新古今和歌集・雑歌下・一七九二

人の数に入らないでこの世に住みながら、身を尽くして恋をしているが、あなたに逢えるのをいつの日と待つ、そのあてもない身なのだ。

後世に影響を与えた堀河《ほりかわ》天皇時代の和歌イベントの一つに、『堀河院艶書《えんしょ》合《あわせ》』とよばれるものがある。「艶書」とはラブレター。天皇側近の男性歌人七人と、内裏《だいり》や宮家《みやけ》などの女房歌人十人とを、それぞれ組み合わせた十組に、恋歌をよんでやりとりさせ、それを披露《ひろう》したものである。康和《こうわ》四年(一一〇二)五月二日に、男が恋を告白する歌を贈《おく》って女が返歌する形が行われ、これは面白いというので、その五日後には、女が恨《うら》みの歌を贈って男が返歌

【語釈】○数ならで―人並みに思われないで。○住の江―「住む」と歌枕「住の江」の掛詞。○澪標―「澪標」と「身を尽くし」の掛詞。「澪標」は、船の安全な航路を示すための杭。○待つ―「待つ」と「松」との掛詞。松は住の江の風物として有名。

する形もためされた。この歌は、はじめの二日のほうでよまれた。
私はあなたから人なみの男として意識されないような状態でいながら、すべてをかけてあなたに恋している。あなたといつ逢《あ》える、というような当てもまったくない、悲しい身なのだ。私の気持ちを受け入れてほしい、と女に訴える内容である。「住の江の澪標」と「待つ」は、しょっちゅう掛詞としてつかわれる。ペアの相手は*中宮上総《ちゅうぐうのかずさ》で、*「流れても逢ふ名はたたじ住の江の澪標にて朽《く》ち果てななん」が返歌。あなたの愛を受け入れるつもりがないからあきらめてほしい、の意味。女は、男の告白には、男からの歌の言葉を利用しながら拒否するのが昔のおきまりである。
　ところがこの歌、「数ならで世に住み」「いつを待つともなき身」が、不遇《ふぐう》に生きて世をなげく言葉と同じなのだ。それで『新古今集』ではその方面の歌として扱われている。私はひとなみの人間の数に入らないようなつまらない状態で、苦労ばかりの人生をそれでも一所懸命《いっしょけんめい》に過ごしていて、なお幸運にめぐりあう日をいつと待つ当てもない、本当に悲しい身なのだなあ、という解釈。不遇をなげく歌をたくさんよんだ俊頼だから、こう解釈されたのか。いや、恋の告白にも不遇のなげきにもなる歌をよんだ俊頼がすごいのか。

*中宮上総―平安後期の女性歌人。中宮篤子につかえた。生没年未詳。

*流れても…―川は流れるとしても、逢う名は立たないだろう。住の江の澪標が腐ってこわれるようにあなたの思いも絶えてほしい（中宮上総集・五）。

39

憂《う》かりける人を初瀬《はつせ》の山おろしよはげしかれとは祈らぬものを

【出典】千載和歌集・恋歌二・七〇八

私につれない人のことを、初瀬の山から吹きおろす風よ、お前のように激しく私につめたくしてほしいとは、観音に祈ったわけではないのになあ。

奈良県桜井市初瀬《はつせ》に、ぼたんの花でも有名な長谷寺《はせでら》がある。ここの十一面観音《じゅういちめんかんのん》は、さまざまな願いをききとどけてくれる霊験《れいげん》あらたかな観音さまとして、奈良時代から深く信仰され、『源氏物語』をはじめとする平安時代の文学作品にもたくさん出ている。ただ、何度も火災にあって、今では平安時代のころの建物や仏像はほとんどない。それでも、近鉄の駅を出て、参道《さんどう》の坂道をとおりぬけ、寺に入って長い石段の回廊《かいろう》がつづく、その美しい石段を

【詞書】権中納言俊忠《としただ》家に、恋の十首歌よみ侍りける時、祈れども逢はざる恋といへる心をよめる。

【語釈】○憂かりける人―私にとってつらい思いをさせた人。○はげしかれ―激しくつらくあれ。

たどるたびに、いにしえに近づくような感じがしてくる寺だ。
初瀬の観音に、私の愛にこたえてくれない人のことを祈った。その人が私の思いを受けいれてくれるようにと祈ったのだが、祈りは観音にはとどかなかったらしく、相手はますます私にふり向いてくれない。それで、初瀬の激しくつめたい山おろしの風に吹かれながら、ついぐちってしまったのだ。あの人が風とおなじくらい激しく私を拒否してほしいだなんて、祈ったりはしなかったのに。どうしてなんだ。

『百人一首』でおなじみの歌。初瀬は、山に囲まれた地形から、『万葉集』では「*こもりくの」という枕詞がついて、たくさんの歌にうたわれた。しかし、平安時代になるとうたわれることが多くなかったし、うたわれたのも川だった。それを、恋の歌によみ、風にからめたところが、いかにも俊頼らしいところ。音調も、わざと少しつっかえる感じにした上句と、なだらかで余韻をのこす下句とのバランスが、なげきの歌らしいし、すばらしい。藤原定家が「とてもまねできない」とほめたのも、もっともである。

04のやりとりの相手、藤原俊忠《としただ》の家で、恋歌ばかりを*状況に凝《こ》った題でよむ会をした時のもの。凝《こ》った題の恋歌が、流行していたのだ。

*こもりくの—山に隠れた場所ということ。

*状況に凝った題—「訪ねて来ても留まらない恋」「ともに横になったが男女関係はなかった恋」など。

40

葦《あし》の屋《や》のしづはた帯《おび》の片むすび心やすくもうちとくるかな

【出典】新古今和歌集・恋歌三・一一六四

葦《あし》ぶきの小屋で質素《しっそ》な女が織《お》る、しづはた織りの帯の片むすびのように、女は私になかなか心を許してくれなかったが、ようやく親しくうちとけることだ。

この歌は、とりかたによって、ふたとおりの解釈ができる。右にある訳文は、その片方である。

物語でも、歌集に見える例でも、男女がむすばれる過程《かてい》として多いのは、次のようなものだ。まず、男が女に思いをよせ、歌をおくって気持ちを告げる。しかし、女は、最初はまともに取り合わない。それでも男はくじけずに何度も歌をおくる。そのうちに女も返歌《へんか》するようになり、女が男の気持ちを

【詞書】初めて会ふ恋の心を。

【語釈】○葦の屋—葦で屋根をふくような粗末な小屋。○しづはた帯—しづ機《はた》で織った布の帯。「しづ」は「賤《しづ》」（身分が低い）と「倭文《しづ》はた」の掛詞。「倭文《しづ》」は、日本古来の織物。「はた」は織る機

受け入れれば、男は、女の寝室をたずねることができるようになる。この歌を、そうした経過をたどって、初めて女と一夜をすごすことをよんだものと見ると、右の訳のような意味になる。女のガードが固かったことが「片むすび」の掛詞「難《かた》」に示される。しかし今夜は「うちとくる」、女は帯をといて、心もうちとけるのだ。下句は女のようすをうたい、「うちとくるかな」に、やっとここまできた、という男の感動も出ている。

しかし、「難」と掛詞にしない解釈もできる。その場合は「片むすび」だけの意味。これは、ひもなどの片方を、まっすぐなままのもう片方に掛けて、輪《わ》を作ってとおす、ほどけやすい結びかたなのだ。そこで、「葦の屋にすむ女が身につける、しづはた織りの帯の片むすび、そのように、女がすっかり心をゆるして帯をとき、うちとけたことだ」のような意味になる。つまり、初めて共寝《ともね》した喜びだけがうたわれているのだ。確かに「心やすくも」には、なんのこだわりもなく、というニュアンスがあるように見える。「葦の屋のしづはた帯」には、この女は、自分で織る帯を身につけるような、身分のひくい田舎女なのだ、とする解説もある。女の身分はともかく、「片むすび」だけと見るほうが、解釈はすっきりする。

械。○うちとくる―なれ親しむ。「とくる」に帯をとく意味を掛ける。

いったい俊頼は、どちらでよんだのか。初めて女に逢《あ》ったことをよむ場合は、ふつうは、ずっと待ってようやく逢えたと言うか、かえって恋しさが増したなどと言ったりする。この歌は『堀河百首』の歌なのだが、他の『百首』歌人たちの同じ題の歌は、みなこのふつう路線である。もし、逢った喜びだけをうたったと見る、後のほうの解釈をとるなら、俊頼ひとりだけが、まったくちがう傾向の歌を出したことになる。しかし、俊頼ならば、それもありうるのだ。そのことはすでに02でふれた。だから悩《なや》ましい。

ここは歌の言葉から、判断の手がかりを得るしかない。「片むすび」をよむ歌はあまり多くないが、その中で一番古いのが、『後拾遺集《ごしゅういしゅう》』・恋二の歌「もろともにいつかとくべき逢ふことのかたむすびなる夜半《よは》の下ひも」*である。ここでは、逢うのが難しいことと片むすびとが、はっきり掛詞になっている。ほかの例を見ると、俊頼と同時代や『新古今集』時代の歌は、みな掛詞である。平安後期から鎌倉初期の和歌では、逢うのが難しいから片むすびもほどかない、そのことから「堅《かた》い」むすびというイメージもあったと言える。簡単にほどける意味だけの例は、時代が新しくて、室町時代だ。それに、肝心《かんじん》の俊頼の歌で、「片」に「難《かた》」を掛けている場合には、「難」と「や

*もろともに……──二人いっしょにいつ解くことができようか。逢うことが難しい、片むすびの夜ふけの下着のひもは（後拾遺集・恋二・六九五・相模）。

すく」で対比が成立する。こういう言葉の対比が、俊頼の歌には多い。それで、ここでは掛詞とみた。

この歌は、うたい出しの「葦の屋の」で、葦で屋根をふくような粗末な小屋に住む難波女《なにわめ》のイメージを出している。平安中期ごろから、葦の小屋や、難波にすむ女のことが、古い歌をベースにして、しきりにうたわれた。俊頼もそういう歌をいくつもよんでいるので、彼が好んだイメージであったことがわかる。ベースになった古歌《こか》の一つ「*難波女《なにわめ》のあし火たく屋《や》はすすたれどおのが妻こそ床《とこ》めづらなれ」は、質素な暮らしの難波女《なにわめ》である妻を、いとおしく思う気持ちをうたったものだ。俊頼は、初めて女と夜をすごす内容をうたう時に、この古歌を思い浮かべたのだろう。

また、女の「しづはた帯」。「しづ」は、漢字で倭文《しづ》と書くように、中国から輸入された高級品の綾織《あやおり》に対して、日本に昔からあった織り文様《もんよう》。*こうぞ、麻《あさ》などでつくる*横糸《よこいと》を、青や赤などに染めて、乱《みだ》れもように織った布で、ひもや帯にされた。この乱れもようは、恋歌《こいうた》によまれて、思い乱れる気持ちをあらわしていた。「葦の屋のしづはた帯」は、女がようやく迷《まよ》いを捨てて、男の愛を受けいれたことをうたったのだろう。

*難波女の…—難波女が葦で火をたく家はすすだらけだが、わたしの妻はいつも新鮮でいとしいよ（古今六帖・第五・二九四六）。

*こうぞ—紙の原料などにする、クワ科の低木。

*横糸—織物の幅の方向にとおっている糸。縦糸の間を一本または数本おきに上下にくぐらせて織りなす糸。

41

あさましやこは何事《なにごと》のさまぞとよ恋《こ》ひせよとても生《む》まれざりけり

【出典】金葉和歌集・恋部下・五一五

あきれたことだなあ。これは一体どういうありさまなのかねえ。恋をしろということで生まれてきたわけでもないのになあ。

【詞書】恋歌、人々よみけるに、よめる。(恋の歌を、人々がよんだ時によんだ歌)

恋にとらわれた心境を、思い切りなげいた歌。『金葉集』の恋部の最後の歌だが、よくこの時代のうたいぶりの特色をあらわしている。

「あさましやこは何事のさまぞとよ」は、会話の言葉である。この歌は、それを前面にだしている。俊頼が生きたのは、庶民的な芸能が発展して、祭《まつり》などが異様にもりあがり、天皇・上皇《じょうこう》から庶民に至るまで、みなが今様《いまよう》や踊りに熱中した時代である。もちろん、いきなりそうなったわけではない。

芸能の流行はその前からあったのだが、いわゆる*院政《いんせい》がはじまった頃にさらにパワーアップした。だから俊頼とその友人たちは、熱心に今様をうたい、連歌《れんが》をつくり、日常の言葉や庶民的なことがらを、風雅《ふうが》の世界にも取り込むようになった。表現の行き詰まりをうち破る手がかりを求めたのだ。

「あさましや」という言葉は『古今集』雑体歌《ざったいか》に先例があったし、*釈教歌《しゃっきょうか》がふえる中で、なげきや感動の俗語《ぞくご》がとりこまれる傾向はあった。だからこういう歌がよまれてもおかしくないのだが、実際にやって成功することは少ない。この歌は、俗語ばかりの上句と、深い余韻《よいん》をのこす下句との、結合とバランスが絶妙で、心にしみるものがある。

この時代以後も「あさましや」といううたい出しは残ったが、さすがにこの歌ほどに俗語の歌は、江戸時代までよまれなかった。それは当然である。この歌と、『新古今集』にとられた俊頼の歌をよく見れば、和歌史のなかで俊頼の立つ位置や、この時代のもつ意味が、少し見えてくるだろう。

『万葉集』巻十六の*「家にある櫃《ひつ》にかぎさし納《おさ》めてし恋の奴《やっこ》がつかみかかりて」という歌も思い起こされる。俊頼の歌にしても、『万葉集』の歌にしても、ただ穏《おだ》やかな社会や、お気楽《きらく》な人柄から、生まれるのではない。

＊院政―上皇または法皇が、中心的に国政をおこなう政治形態。白河上皇に始まるとされる。

＊釈教歌―仏、経典、仏事供養などに関する歌。

＊家にある…―家にある箱にかぎをかけて納めておいたはずの恋のやつめが、つかみかかってきて私は恋に苦しむことだ（万葉集・巻十六・三八一六・穂積皇子）。

42

涙《なみだ》をば硯《すずり》の水にせきれつつ胸を焼くとも書く御法《みのり》かな

【出典】散木奇歌集・第六・七八三

流れる涙を、墨をする硯の水としてくりかえし入れては、胸を焼くようなつらい思いをしながら、ただひたすらに書くお経であるよ。

承徳《じょうとく》元年（一〇九七）閏《うるう》正月六日、俊頼の父経信《つねのぶ》は、大宰府《だざいふ》で死亡した。時に八十二歳。高齢をおして大宰府に長官として赴任して、二年弱であった。『散木奇歌集』には、この時のことを歌日記《うたにっき》ふうに書いた部分があり、「悲嘆部」と呼ばれている。この歌は、その四首めである。同行してきて大宰府にいた俊頼は、父の死に呆然《ぼうぜん》としながらも葬儀一切を行い、四十九日の間、こもって仏事《ぶつじ》を行う合間《あいま》に、父にたむける経を書く。俊頼はこの時、四十三歳

【詞書】何事をかはすべきとて、経をのみ書きておぼえける。

【語釈】○せきれつつ―流し入れ、流しいれして。「せきれ」は「せき入れ」をつづめた形。○焼くと―「（胸を）焼く」と「役と」の掛詞。「役

である。

とめどなく流れる涙で墨《すみ》をすっては書き、すっては書く。今となっては経《きよう》文《もん》を書いてささげ、父の冥福《めいふく》を祈ることだけが、自分にできる仕事と思ってするのだ、とうたう。いくつであっても親との死別はつらい。まして、経信は偉大な父であった。老体《ろうたい》をおして九州に下ったのも、長年にわたる摂関家への奉仕の延長であり、その奉仕をとおして、わが子の将来に明るい展望をひらこうとの思いもあってのことだった。その父を、失ったのだ。

源経信は、宇多《うだ》天皇の子*敦実親王《あつみしんのう》にはじまる家系で、父*道方《みちかた》が道長の妻*倫《りん》子《し》といとこの関係にあたる。代々、実務官僚としてそつがなかったので、大臣や大納言に出世した上に、音楽の得意な家系としてもこれまた有名である。若いころの道方の琵琶《びわ》の腕前《うでまえ》は、『枕草子《まくらのそうし》』にも「いとめでたし」と書かれている。経信もまた博学・多才、琵琶の名手で、漢詩文も、和歌も上手だった。藤原公任《きんとう》の次の代の「*三船の才《さんせん》」だったのだ。経信の日記『帥記《そちき》』は、今は一部しか伝わらないが、のこった部分からでも、摂関家の頼通《よりみち》、師《もろ》実《ざね》二代から厚い信頼を受けて、多忙な日々を送っていたことがわかる。

偉大な父を持った息子が大変なのは、いつの世でも変わらない。俊頼が、

と」はひたすらに。

*敦実親王―宇多天皇の皇子（八九三―九六七）。子孫は宇多源氏の中で特に繁栄した。
*道方―平安中期の貴族（九六九―一〇四四）。正二位大納言。琵琶の名人。
*倫子―宇多源氏の源雅信の娘で、藤原道長の妻（九六四―一〇五三）。彰子、頼通らの母。
*三船の才―漢詩・和歌・管絃のすべてが得意なこと。道長が大堰川で三つの船を用意して、それぞれ得意な人をのせて紅葉狩りをした故事から。

役職にめぐまれないことをひたすらなげき、ぼやいたというのも、父が重んじられ、華やかだったことを知っているからだし、兄基綱《もとつな》のほうが官僚として順調だったからである。経信のすぐれた部分は、基綱と俊頼に、分けるかたちで受けつがれたようだ。つまり、官僚としての能力は基綱が、和歌の才能は俊頼が受けつがれたのだ。俊頼の歌には、風格《ふうかく》を感じさせるものが多いが、その歌の品格《ひんかく》も父から受けついだと言っていい。音楽の方面は、二人ともにすぐれ、基綱は経信流の琵琶をつぎ、俊頼は篳篥《ひちりき》が得意だった。基綱は、父の大宰府赴任の頃には、右大弁《うだいべん》という事務方の要職だったから、父に同行することなど不可能だったが、彼は経信とだいたい同じコースを歩んでいた。そして、28で触れたように、この後大宰府に下って亡くなるところまで受けついでしまうのだ。

さて、俊頼がこもる四十九日が過ぎ、いっしょにいた僧たちもみな帰っていった。そして、更《さら》なる悲しみの日々がここから始まった。遺骨を抱いての上京《じょうきょう》の旅は、二年前に父とともに下った時のことを思い出させて、何を聞き、何を見ても、涙をさそわれる。琵琶法師《びわほうし》がひき語るのを聞いても、かつて身近に聞いた父の琵琶の音色《ねいろ》を思い出し、泣かずにはいられない。あちこちに泊まりしながら進む船が、やっと順風《じゅんぷう》にのったと思えば、スピードの上がった船上で、海水にではなく涙で袖がぬれるばかり、とうたう。

やがて難波《なにわ》に入り、江口《えぐち》*で、川をのぼる船に乗りかえる。淀川でも思い出にひたり、ようやく山崎*までたどり着く。そこで基綱と落ち合って、兄弟は泣く泣く語り合った。淀のわたりで下船。ちょうどこの日が五月五日であったと書かれている。京に帰り、家の作法によって野辺《のべ》送りして、遺骨は散骨《さんこつ》した。やがて一年の喪《も》があけて、父の死に関する悲しみの記録はおわる。*「みそぎして衣《ころも》をとこそ思ひしか涙をさへも流しつるかな」。昔は喪服《もふく》をぬいでみそぎをし、ぬいだ衣を川に流す風習《ふうしゅう》があった。俊頼も、喪の衣を流そうとして、涙までも流してしまったとうたう。

承徳二年（一〇九八）、喪があけた俊頼は、ふたたび堀河天皇の内裏に出仕する。日付のわかる歌では、この本の36・37でとりあげた国信家《くにざねけ》の歌合がもっとも早いが、その前から、天皇を取り囲む歌人の一人になっていただろう。そしてここから、歌人としての俊頼の本当の活躍がはじまる。ちょうどその頃、経信が長く奉仕した摂関家も、急速に力をよわめて、時代は大きく変化していく。

*江口―神崎川が淀川本流と分かれる所。西海と京との航路上の河港。

*山崎―淀川が京都の南から大阪へ流れ出る所で、交通の要所。

*みそぎして…―みそぎをして喪の衣を流そうと思ったのに、涙までも流してしまうことだ（散木奇歌集・八三八）。

43

日の光あまねき空の気色《けしき》にもわが身ひとつは雲がくれつつ

【出典】金葉和歌集・雑部上・六〇二

日光が広くてらす空のように、天皇のお恵みが平等に行きわたるようすであるのに、私ひとりは、雲に隠れるように恩恵を受けられないでいるよ。

【詞書】堀河院御時、源俊重が式部丞申しける申文にそへて、中納言重資卿の頭弁にてはべりける時つかはしける。

（堀河天皇の御代、息子の源俊重が式部丞になりたいと申請する文書に添えて、中納言重資卿が頭

平安時代、役人の任命《にんめい》をおこなう儀式を除目《じもく》といった。春には地方官《ちほうかん》の任命、秋には京内の役人の任命があり、除目が近づくと、職につきたい人は、なれるように有力者にたのみこむなど、さまざまに運動した。『枕草子』の「すさまじきもの」に、除目で職につけなかった人の家で、期待していた家族や親類などががっかりするようすが描かれているのは、有名な話。

これは、俊頼が、息子の俊重《*とししげ》のために、天皇側近《そっきん》の源重資《*しげすけ》に助力をたのん

だ時の歌。学者ならば漢詩で、歌人は和歌で、仕事をのぞむ気持ちや、仕事がなくてつらい気持ちを訴えることは多かった。重資はこの時、天皇の秘書長官の職にあったから、天皇にそれとなく気持ちを伝えてもらうことを期待したのだろう。重資がその仕事をしていたのは、康和二年（一一〇〇）からの六年ほどである。ちょうど、俊頼が堀河天皇の側近歌人の一人として、『艶書合《えんしょあわせ》』や『堀河百首《ほりかわひゃくしゅ》』で活躍していた時期だ。俊頼は自分も長く日が当たらないなげきをしているから、父として息子には何とか、という気持ちだったのだろう。

　天皇の恩恵《おんけい》は、『古今集』の昔から、しばしば日光にたとえられた。俊頼は俊重の立場でうたっている。重資を介しての天皇への直訴《じきそ》は成功した。天皇が、歌人としても有名な*周防内侍《すおうのないし》に、俊頼へ返歌《へんか》をするよう命じた。その歌は「*なにかおもふ春の嵐に雲はれてさやけき影は君のみぞみん」。すみ切った日の光にあうだろう、つまり、希望をかなえよう、とのうれしい内容だ。俊重は、無事に*式部丞《しきぶのじょう》になったという。

　俊重は俊頼の長男で、歌人として活躍した*俊恵《しゅんえ》の異母兄。歌はあまりうまくなかったようだが、『散木奇歌集』にも何度か名前が登場する。

　　弁でいました時に、おくりました歌）

【語釈】○あまねく—すべてに行きわたっている。

*俊重—俊頼の長男。能書であったという。生没年未詳。

*源重資—平安後期の貴族（一〇四五—一一〇三）。醍醐源氏。

*周防内侍—平仲子。平安後期の歌人。後冷泉、後三条、白河、堀河の四代の天皇に仕えた。生没年未詳。

*なにかおもふ……—何を思いなやむことがあろうか、いやない。春の嵐によって雲がはれて、すみきった光はあなただけが見るだろう（金葉集・雑部上・六〇三・周防内侍）。

*式部丞—国家の礼儀・儀式・選叙・禄賜などをつかさどった式部省の三等官。

*俊恵—平安後期の歌人で俊頼の子。歌林苑を主催したことで有名。

44

行く末を思へばかなし津の国の長柄《ながら》の橋も名は残りけり

【出典】千載和歌集・雑歌上・一〇三〇

わが将来を思うと悲しいよ。今はもうなくなった摂津国の長柄の橋も、名前は残っていることだ。

ここにうたわれる「長柄の橋」は、淀川《よどがわ》の河口付近に架《か》けられていた橋。『古今集』に「世の中にふりぬる物は津の国の長柄の橋と我となりけり」*などとうたわれていて、長柄の名から「永《なが》い」「古い」の意味をこめて歌われる橋だった。しかし、平安前期まではあった橋も、中期にはこわれて柱ばかりがのこる状態になった。それを物語《ものがた》る歌がいくつも残されている。なにしろ古代の淀川の河口部《かこうぶ》は、支流《しりゅう》が何本も集まり出て、広く複雑な地形だっ

【語釈】○津の国―摂津国。今の大阪府と兵庫県の一部。

*世の中に……―世の中で古くなってしまっている物は、津の国の長柄の橋とこの私であるよ（古今集・雑歌上・八九〇・よみ人しらず）。

た。大きな洪水《こうずい》がおこれば、地形までも変化するようなありさまだから、長柄の橋も、架《か》けても壊れることのくりかえしになって、やがて放棄《ほうき》されたらしい。俊頼の時代には、柱も無くなっていた。しかし、長柄の橋のあとには、歌に心をよせる人々が訪れ、歌をよんでいた。

古いものと言われた長柄の橋はとうになくなっている。しかし、橋の名は永《なが》く残っている。それにひきかえ、わが身は、この先、どうだろうか。名を残すことがあるだろうか。それを思うと、本当に悲しいよ。

俊頼の心をとらえたのは、橋が名を残しつづけている、という点にあったようだ。それだけ、自分も名を残したい、という気持ちがあったということだろう。『散木奇歌集《さんぼくきかしゅう》』には、*住吉もうでの際に、長柄の橋の跡を教えられてよんだ、とある。俊頼は、*仁和寺一品宮《にんなじいっぽんのみや》の住吉もうでにお供《とも》をして、住吉の松をよんだことがあるが、その時期がわからない。この歌が同じ時のものなのかどうかも、不明である。私は、俊頼が、父を失って帰京した後、堀河天皇の内裏《だいり》にもどってまもないころに、住吉に行くことがあったのではないか、と想像する。俊頼の生涯で、その頃が、将来への不安がもっとも大きかった時期ではないか、と思うからである。

＊住吉―住吉大社。現在の大阪市住吉区住吉にあり、祭神は航海の神、また和歌の神とされる。

＊仁和寺一品宮―後三条天皇皇女、聡子内親王（一〇五〇―一一三一）。父院崩御の時（一〇六九）に出家して、仁和寺の大教院に住んだ。

45

上《かみ》における文字は真《まこと》の文字なれば歌も黄泉路《よみぢ》を助けざらめや

【出典】千載和歌集・雑歌下・一一九九

――歌の一番上に置いた文字は、真言《しんごん》の文字だから、歌も黄《よ》泉《み》の国へ行く道を助けないはずはない。――

【語釈】○上―歌の初句の初め。○助けざらめや―助けないだろうか、いや助けるはずだ。

『阿弥陀経《あみだ》』の陀羅尼《だらに》の呪文《じゆもん》「おむ、あみりた、ていぜい、かをむ、そはか」の十六文字を、歌の一番上に置いてよんだ十六首のうちの、最後の「か」の歌。「真《まこと》」に、真言という呪文《じゆもん》をさす言葉と、ほんものの仏の教えの意味を掛け、「黄泉路」にも歌をよむ意味を掛けているが、訳文に入れるとかえってわかりにくくなるので、避けた。

『阿弥陀経』は、仏が西方にある極楽浄土《ごくらくじようど》のすばらしさを説いて、仏の名をとなえ仏を心に念じるように、とすすめる内容のお経である。陀羅尼は、サンスクリット語の呪文を翻訳しないで、そのまま読んでとなえるもの。ふつう、長いものは陀羅尼、短いものは真言とよばれた。これをとなえれば、さまざまな障害をとりのぞき、仏の恵みが受けられる、と考えられた。だから俊頼も、極楽への往生《おうじょう》を願って、『阿弥陀経』の真言の文字を上に置いた歌をよみ、阿弥陀如来《あみだにょらい》の加護《かご》を受けようとしたのだろう。『散木奇歌集』では、十六文字をバラバラにして上に置くことを、あそびではあるが、真言はとなえれば心強いものだから、と言っている。

この歌がある『散木奇歌集』の「釈教」の部には、他にも、*十二光仏《じゅうにこうぶつ》をよんだ歌、*『法華経』の有名な巻の内容をよんだ歌、お経のフレーズを和歌に言い直したものなどがあって、全部で百二十五首にものぼる。もともと収録歌数の多い歌集ではあるが、これだけ大量の釈教歌が見られる個人歌集は珍しい。この時代の人々は、*末法《まっぽう》の世に生きていると考えていたし、天皇や上皇などがさかんに寺や仏像をつくった時代であったから、時代を反映してもいる。しかし、俊頼自身も、苦労が多いと感じる人生で、釈教歌をよむことに、救いや安らぎを求めていたのかもしれない。

*十二光仏—十二光のこと。『無量寿経』にとく、阿弥陀如来の光明を十二種に分けてたたえた名。

*法華経—『妙法蓮華経』のこと。釈尊の永遠の成仏などをといた経典。天台宗がよりどころの経典とした。

*末法の世—釈尊が入滅した後の時期を、三つに分けた最後の時代。仏の教えがすたれて、修行するものも悟りを得るものもなくなった世のこと。日本では、永承七年（一〇五二）にこれに入ったとされた。

46

蜘蛛《ささがに》の糸《いと》かかりける身のほどを思へば夢の心地《ここち》こそすれ

【出典】新古今和歌集・雑歌下・一八一六

蜘蛛《くも》の糸が掛かる、その糸のようなひどく頼りないわが身のようすを思うと、夢のような気持ちがすることだ。

蜘蛛の糸をたとえにして、身のほどを心ぼそいものと感じる気持ちを言い、その状態で生きていることを夢のようだ、とうたう。『堀河百首』の「夢」題の歌。俊頼が五十歳前の頃の作である。わが身の不遇をなげくことの多い俊頼は、この歌でも、思いどおりにならない人生をなげいているのだと思われる。『新古今集』でも、「*述懐《じゅっかい》」の歌としてあつかわれている。だが、実はそう簡単に片づけられないところもある。

【詞書】述懐百首よみ侍りけるに。

【語釈】○蜘蛛―「ささがに」は蜘蛛の古名。

*述懐―心に思うこと。古くは「しゅっかい」と言い、愚痴や不遇のなげきを訴え

初句《しょく》・二句《にく》は掛詞でつながっていく。「糸」は、蜘蛛の糸と、非常にの意味の副詞「いと」。「かかり」は、糸が掛かりと、このようであるという意味の「かかり」。こういうテクニックばかりでなく、「蜘蛛《ささがに》」は『古今集』の「*わが背子《せこ》が来《く》べきよひなりささがにの蜘蛛のふるまひかねてしるしも」以来、典型的な恋歌の言葉で、ほかに「身のほど」「夢」なども恋の歌でつかわれることの多い言葉である。つまり、この歌は、取りようによっては、つらい恋をなげく文脈にもなりえる歌なのだ。

『堀河百首』の「夢」の歌を見ると、恋の歌と、無常《むじょう》の世をうたうものとに二分される。『堀河百首』の本だけが、この歌の二句を「糸うかりけん」としているが、それは、これを恋の歌とみなしたことが原因でおこった書き誤りだろう。俊頼は、おそらく意図的に二つに通じる歌をよんでいるのだ。

蜘蛛の歌でも、恋歌ではないケースが、平安後期にあらわれる。俊頼のこの歌も、その一つに含めることができるだろう。ただ、俊頼は、もともと蜘蛛に付いている恋歌のイメージをうまく利用して、二重の雰囲気を持った歌に仕立てたのだと、私は思う。そういう一筋縄《ひとすじなわ》ではいかないようなところが、俊頼らしさだし、俊頼の歌のおもしろさだ。

ることが多い。

＊わが背子が……—私の恋人が訪れてくるはずの宵であるよ。蜘蛛の行動がはっきりしめしているよ（古今集・墨滅歌《すみけちのうた》・一一一〇・衣通姫《そとおりひめ》）。

歌人略伝

源俊頼《みなもとのとしより》は、平安時代の後期に活躍した歌人であり、歌合の判者や和歌の評論家としても活躍した。俊頼は天喜《てんぎ》三年（一〇五五）頃、源経信《つねのぶ》の三男として生まれた。若い頃の一時期に橘俊綱《たちばなのとしつな》の養子となり、名の一字「俊」はそこからきた。父の経信は博学多才、歌人として第一流の人で、この父から和歌の才能をうけつぎ、それに磨きをかけて、院政前期における第一の歌人となったのが俊頼という人である。

白河天皇の時代、従五位下左近少将として、承暦《じょうりゃく》二年（一〇七八）の内裏歌合に篳篥《ひちりき》奏者として参加。少将の任を終えた後はしばらく内裏にのぼれず、堀河天皇の即位（一〇八七）後、左京権大夫《ごんのたいふ》として内裏にもどった。四条宮扇合《おうぎあわせ》、高陽院《かやのいん》七番歌合で歌人となり、父の大宰府赴任への同行をはさんで、再び内裏へ復帰した康和《こうわ》年間（一〇九九―一一〇三）に、堀河天皇をとりまく音楽・和歌のグループの一員として大いに活躍した。国信卿家《くにざねきょうけ》歌合、堀河院艶書合《えんしょあわせ》をへて、長治二年（一一〇五）頃、後世に大きな影響を与えた堀河百首をとりまとめた。鳥羽天皇の時代（一一〇七―二三）には、永久百首をまとめたほか、歌合の判者としても活躍し、忠通家《ただみちけ》歌合を指導した。また、歌論書『俊頼髄脳《としよりずいのう》』を執筆。大治《だいじ》元年（一一二六）、白河院から勅撰和歌集の編集を命じられ、翌年頃にかけて『金葉和歌集』を編集し、たてまつった。官職には恵まれないまま、大治四年（一一二九）、従四位上前木工頭《さきのもくのかみ》で死去。和歌の革新をめざした新しい表現と風格ある和歌によって後代に高く評価され、また、大きな影響を与えた。個人歌集『散木奇《さんぼくき》歌集《かしゅう》』があり、千六百首余の歌をのこす。

略年譜

年号	西暦	年齢	俊頼関係事跡	歴史事跡	関係歌
永承七年	一〇五二			末法に入る。	
天喜三年	一〇五五	1	俊頼、誕生		
延久四年	一〇七二	18		白河天皇即位	
承暦二年	一〇七八	24	四月、内裏歌合（従五位下左近少将）		
応徳三年	一〇八六	32		堀河天皇即位	
寛治三年	一〇八九	35	八月、四条宮扇合（従四位下左京権大夫）		20
嘉保元年	一〇九四	40	八月、高陽院七番歌合		6・19
二年	一〇九五	41	秋、父・経信の大宰府赴任に同行		
永長二年	一〇九七	43	閏正月、経信、大宰府で卒去。帰京。		42
康和二年	一一〇〇	46	四月、国信卿家歌合		36・37

四年	一一〇二	48	閏五月、内裏艶書合		38
長治二年	一一〇五	50	この頃『堀河百首』(従四位上木工頭)		2・3ほか
嘉承二年	一一〇七	52		七月堀河天皇崩御　鳥羽天皇即位	
天永二年	一一一一	57	木工頭を退く。以後、散位。		
永久三年	一一一五	61	『俊頼髄脳』成立		
四年	一一一六	62	雲居寺結縁経後宴歌合『永久百首』		28
元永元年	一一一八	64	十月、内大臣忠通歌合(藤原基俊と二人判)		
保安四年	一一二三	69		崇徳天皇即位	
天治元年	一一二四	70	白河院より、勅撰和歌集の編纂の下命、『金葉集』初度本		
二年	一一二五	71	『金葉和歌集』二度本		
大治二年	一一二七	72	『金葉和歌集』三奏本		
四年	一一二九	74	十一月、俊頼、卒去		

解説　「源俊頼―平安後期歌人にふれる楽しさ―」――高野瀬惠子

俊頼の生きた時代のこと

源俊頼は、平安時代の後期、もっと具体的には、西暦一〇九〇年ごろ～一一二〇年代にかけて、活躍した歌人である。

平安時代というと、きれいな十二単衣《ひとえ》の女性や『源氏物語』のイメージでとらえられていることが多い。しかし、ひとくちに平安時代と言っても、実はかなり長くて、さまざまな顔を持っている。平安前期までのことは省《はぶ》くが、『枕草子』や『源氏物語』が生まれた藤原道長の時代と、その子の頼通が五十年にわたり権力の中心にいつづけた時期とでは、貴族社会も庶民の世界も変わりつつあったし、さらに院政期になると、その変化がもっと大きなものになる。平安時代を通じて、かたちとして律令国家の体制はあるのだが、中身の変わりようがはげしい。だから、俊頼が生きた時代を、一般的な平安時代のイメージでとらえてしまうと、この時代の人々についても、このころの文学についても、正しい理解をさまたげるおそれがある。

俊頼は、院政期とよばれる時代の、前半期を生きた。この時期は、頼通時代からの社会構造や王朝文化がのこるいっぽう、上皇の権力がどんどん強くなり、その影響が貴族の社会にはっきり出てきている。摂関家《せっかんけ》への権力の集中がなくなって、摂関家が上皇（院）の存在と意向を無視できない状況になり、やがては、院の力が摂関家を完全に上回《うわまわ》る。その中で、他の貴族たちは自分たちの生き残りのために、院、天皇、摂関家の三つの間でそつなく立ち回ることが必要になった。とはいえ、皇位継承あらそいに武士達がからんで、合戦が行われるようになる院政後半期ほどには、社会はまだ混乱してはいなかった。俊頼の父である源経信《つねのぶ》は、頼通時代から活躍した人で、摂関家と強くつながり、有能な役人として重きをなしただけでなく、その多才さで一流の文化人でもあった。しかし、この経信のようなあり方が、さまざまな意味で出来なくなっていくのが、俊頼の生きた時代であった。

歌人・俊頼の前半期―堀河天皇時代

俊頼は、経信の三男として生まれた。彼の家は、宇多天皇の皇子にはじまる源氏であるが、代々、役人として有能な人が多い上に、音楽の才能にも恵まれており、さらには平安時代の人としては長生きでもあった。父の経信は、この家系の、いいとこ取りをしたような人だった。俊頼には異母兄弟もいたが、同母の兄に基綱《もとつな》という人がいて、父の持っていた有能な役人としての才能は、この基綱のほうに多くうけつがれた。その代わりに俊頼は、父から和歌の才能をうけついだ。父の経信は、四番目の勅撰和歌集『後拾遺集《ごしゅういしゅう》』が白河天皇の命で編集されたころ、和歌界の第一人者だったから、撰者《せんじゃ》になってもおかしくはなかったのだが、それはかなわなかった。それが俊頼によってかなう結果になった。

俊頼は、まだ若かった白河天皇時の時代には、音楽の方面で、かろうじて殿上人《てんじょうびと》たちの列にくわわる程度だったが、三十代半ばからは、歌人としても存在感をみせるようになる。その時期の天皇が、音楽や和歌などの風雅《ふうが》を愛好し、後の世にすぐれた天皇と評価された堀河《ほりかわ》天皇である。これは俊頼にとっては幸運なことで、篳篥《ひちりき》奏者として、歌人として、天皇を囲むグループの一員になり、天皇側近の貴族たちと交際して、和歌の力をみがく機会に恵まれることになった。

ただ、俊頼は、生涯にわたって、役人としての仕事や出世の面では恵まれず、本人もひたすらそれをなげいた。しかし、これはその人の適性にもかかわることだろう。おそらく、俊頼は和歌と音楽方面にはすぐれていたが、役人としては期待できる人とみなされなかった、ということではないか。

さて、堀河天皇の時代は、俊頼という歌人の個性があらわれはじめた時期である。『高陽《かやの》院七番歌合《いんしちばんうたあわせ》』の歌、

山桜咲きそめしよりひさかたの雲ゐにみゆる滝の白糸（本書06番）

山の端に雲の衣を脱ぎすてひとりも月の立ちのぼるかな（同19番）

などには、雄大な景色をよむ傾向がみえ、さらに、「山桜」→「雲ゐにみゆる滝」、「山の端」→「月のたちのぼる」に、小さいもの→大きいイメージ、という、視点の動きがある。また、「空に見える滝」や「雲の衣を脱ぎすてる」というような、大げさで思い切った比喩もある。こういううたい方は、経信の代表作として知られる歌、

沖つ風ふきにけらしな住吉の松のしづゑをあらふ白波（後拾遺集・雑四・一〇六三）

と通じるところがある。経信の歌は、「沖つ風」→「松のしづゑをあらふ白波」と、大→小、

遠↓近のイメージ転換が一つのポイントで、俊頼の場合とは、動きが逆になっている。これは、ズーム・インか、ズーム・アウトかのちがいで、動きを取りこむ点では同じであり、俊頼はズーム・アウトのほうが好きだったようだ。そして、俊頼の歌は、大げさでユーモアのただよう比喩があっても、全体としては、経信の歌の堂々たる品格を、うけついでいる。

国信家《くにざね》の歌合では、

夜とともに玉ちる床のすが枕見せばや人に夜半のけしきを（本書36番）

君恋ふと鳴海の浦の浜ひさぎ萎れてのみも年を経るかな（同37番）

など、『万葉集』の言葉をとりこんで、歌の中心にすえるというやり方で成功した。新しい言葉や珍しい言葉をとりこむのは、俊頼ばかりではなく、時代の流行なのだが、これはへたをすると、情緒や美しさを欠く歌になりかねない。俊頼はうまくとけこませて、調べのよい歌に仕立てている。

また、俊頼が中心になってまとめたと考えられている『堀河百首』は、一定の題で多くの歌をよむ組題《くみだい》百首の開始として、後世に大きな影響を与えたが、この百首でも、俊頼らしさが発揮されている。一つは、他の歌人とはちがった傾向の歌を出すということで、本書の02、03番がその例である。二つめは、40番のように解釈がわかれる歌があること。これは、俊頼が、わざと二面性が出るように言葉をつかうためだろう。『艶書合《えんしょあわせ》』の歌が、恋歌ではなくて述懐の歌として鑑賞されている38番の例もこれと同じだ。

その他に、この頃の歌であることがはっきりしている歌として、

この里も夕立しけり浅茅生に露のすがらぬ草の葉もなし（本書16番）

もある。これもまだ珍しかった「夕立」をつかい、「すがる」という俗語まで入れているが、全体としてはすっきりとしていて、近世・近代の歌に近い。

鳥羽天皇時代と晩年期

堀河天皇の崩御は、俊頼にとって大きな痛手であっただろう。『堀河百首』成立の頃に、木工頭《もくのかみ》に移った俊頼が、それを退いてからはずっと無役《むやく》になってしまったことに、その方面での庇護者《ひごしゃ》を失ったことがあらわれている。摂関家も、父が生きていた頃よりもはるかに弱くなっていた。しかし、歌人として評価が定まったことで、白河院と関係の深い人々の家もふくめて、あちこちの歌合や歌会に参加するようになった。不遇を嘆いて、田上《たなかみ》に引きこもる日々があったり、晩年には伊勢に行って滞在したりもしたが、歌の世界では大いに活躍していたといえる。

革新派である俊頼は、藤原基俊《もととし》ら保守派の人々との路線のちがいから、自身の歌に対する考えをかためる方向にもすすみ、『俊頼髄脳《ずいのう》』を書いた。これは摂関家の忠通《ただみち》の依頼で、その娘のために書かれたもの。歌枕《うたまくら》に関する説話がいくつもある点など、この時代らしさが出ていて、興味ぶかい書である。そして、晩年には、ついに勅撰集の撰者になり、五番めの勅撰集である『金葉集《きんようしゅう》』を作るという業績も残した。

歌人としては充実した、鳥羽天皇時代以後の作品では、堀河天皇時代の個性をさらに発展させたものがみられる。まず、

あすも来む野路の玉川萩こえて色なる波に月やどりけり（本書23番）

のような、歌の三、四句、あるいは二、三句のところで、いくつかの内容をぎゅうっと縮め

たような表現をとる歌があること。本書10、17番の歌にも、この方法が見られる。思い切った表現をするのは昔からだが、こうした表現は、意味不明の歌にする一歩手前、ぎりぎりのところである。父の経信が活躍した時代の歌には、まだ、こんな表現方法はなかった。その点、俊頼は、時代の波にもまれながら、自分らしさを確立した、と言っていい。

次に、新鮮さを求めて俗語を取り入れることが、さらに目立つこと。

あさましやこは何事のさまぞとよ恋ひせよとても生まれざりけり（本書41番）

という歌や、12番の「春を卯月《うづき》の忌《いみ》にとじこめておこう」という歌などは、歌とはみやびなものと思う人には、変なものに見えるかもしれない。だが、中世のさきがけの、芸能流行の時代の生き生きした面を伝えて、独特の味わいがある。

そうかと思うと、

春のくる朝《あした》の原を見わたせば霞も今日ぞ立ちはじめける（本書01番）

などのように、明るくすっきりとした、品格を感じさせる歌もある。

このような、歌の世界の広さと豊かさが、俊頼という歌人のすばらしさであり、後世に大きな影響を与えたのであった。

読書案内

俊頼の個人歌集である「散木奇歌集」は、現在のところ『新編国歌大観』や『私家集大成』で読むしかないが、「和歌文学大系」シリーズ（明治書院より刊行中）で『散木奇歌集』の注釈の刊行予定がある。

「俊頼髄脳」（新編日本古典文学全集87『歌論集』所収）橋本不美男校注・訳　小学館　二〇〇二

俊頼の歌論である「俊頼髄脳」を口語訳つきで読むには便利で、定評のある本。学校図書館や公共の図書館などでも探しやすい。

〇

『金葉和歌集・詞花和歌集』（新日本古典文学大系9）川村晃生、柏木由夫、工藤重矩校注　岩波書店　一九八九

『千載和歌集』（新日本古典文学大系10）片野達郎、松野陽一校注　岩波書店　一九九三

『金葉集』や『千載集』の注釈書としては、見やすく、図書館などでも探しやすい本。これらの勅撰集は、一般向けの安い注釈書がない。

『新古今和歌集』（角川ソフィア文庫）久保田淳訳注　角川書店　二〇〇七

王朝古典美の精華を収めるこの歌集くらいは、自分で持ちたいもの。美しい表紙に心ひ

かれる。訳注の文字が小さいのが少々難点だが、文庫本なのでしかたがない。

『新版　百人一首』（角川ソフィア文庫）島津忠夫訳註　角川書店　二〇〇三

いくつもある文庫本の『百人一首』の中では、ページの構成が一番見やすく、読みやすい本。各歌、見開き二ページで、スペースのわりには、鑑賞や作者解説も充実。

『梁塵秘抄』（角川ソフィア文庫）植木朝子編　角川書店　二〇〇九

平安中期から流行しはじめた「今様」を集めた後白河院の『梁塵秘抄』から、初心者向けに四十八首を選んで解説したもの。イラストやコラムなどで、時代背景などもよくわかる。

〇

『白河法皇　中世をひらいた帝王』（NHKブックス）美川圭　NHK出版　二〇〇三

歴史学者が、平安後期、あるいは院政前期とはどのような時代だったのかを、わかりやすく書いた本。学者の本にしては、文章がうまい。写真や地図なども豊富で楽しく読める。

『藤原忠実』（人物叢書）元木泰男　吉川弘文館　二〇〇〇

右に同じく、時代を理解するのに役立つ本。同じように楽しく読めるとは言わないが、読みやすい本である。院政の進展の中で苦闘した、摂関家の主の姿を、あくまで資料にもとづきながら書いたもの。

『内親王ものがたり』岩佐美代子　岩波書店　二〇〇三

堀河天皇の中宮・篤子内親王のことが書かれている章がある。古代から江戸時代までの内親王のことが、親しみやすく書かれており、和歌の引用と説明も豊富。

【付録エッセイ】

俊頼と好忠

「新日本古典文学大系」月報9（岩波書店　一九八九年九月）

馬場あき子

馬場《ばば》あき子《こ》（歌人）〔一九二八―〕歌集「桜花伝承」「太鼓の空間」。

俊頼は曾禰好忠をどう思っていたのだろう。『拾遺集』で登場した好忠が『後拾遺集』である程度の安定した評価を得たあと、俊頼の撰になる『金葉集』で全く無視されたあと、『詞花集』では夏・秋の巻頭を飾り、秋の巻尾に据えられて賑々しい復権を演ずるのをみると、好忠の歌を採らないところに俊頼の主張をみる思いがする。もっとも好忠は次の『千載集』で再び冷遇され、『新古今集』で再復権をするなど、時代の流れの中で評価の変動の多い異色歌人であるところにその面目もあるといえるのだろう。

とはいえ、好忠贔屓、俊頼贔屓の私としては、『金葉集』に好忠の歌がないことは、大いに気にならざるを得ないところなのだ。俊頼は「おほかた歌の良しといふは、心をさきとして、珍しき節《ふし》をもとめ、詞《ことば》をかざりて詠むべきなり」（俊頼髄脳）という主張をもっていたが、一方実作の上では、「つづき聞きにくく」あることへの戒めも忘れていない。感動があり、面白い趣向が工夫され、麗わしく花ある詞をもって耳に聞えのよい調べをととのえ、表現の完璧を期しているのだ。こうした文学精神によって追求されてゆく作品の究極は、その子の俊恵に継承されたとき、「歌は花麗を先とす」（無名抄）とも、「姿に花麗きはまりぬれば、自づから余情となる」とも定言される風体論的方向をもっていたから、俊頼の父経信などによって時代の一潮流をなした田園の風趣をよろこぶ主題性が、静かに素材性へと移行するもう一つの契機をも含んでいたといえる。

俊成は『金葉集』の撰歌の方向を評して、「撰者のさほどのうた人に侍れば、うたどもゝみなよろしくはみえ侍るを、すこしときのはなをかざすこゝろのすすみけるにや、当時の人のみはじめよりつゞきたちたるやうにて、すこしいかにぞみえ侍るなるべし」（古来風体抄）と述べており、俊頼系である鴨長明もまた『金葉集』のいまめかしさを「わざとをかしからんとして、軽々《きやうきやう》なる歌多かり」（無名抄）と断定しているが、それは裏返してみれば、『金葉集』の歌の着想や、言語表現、流麗な律への腐心などが、かなり大胆な弾んだ詩精神をもっていたということになろう。

木ずゑには吹くとも見えで桜花かほるぞ風のしるしなりける　俊頼朝臣

大井川いくせ鵜舟のすぎぬらむほのかになりぬ篝火のかげ　中納言雅定

うづら鳴く真野の入江のはまかぜに尾花なみよる秋のゆふぐれ　俊頼朝臣

初雪は槙の葉しろくふりにけりこや小野山の冬のさびしさ　大納言経信

『金葉集』の水準を示すに足るこれら四季の歌をみると、俊頼の鏤骨の言語表現はすでに新古今風にさきがけるものがある。また経信が志した閑寂の精神表現と一体化した田園の風趣は、雅定においては、鵜舟の野趣に哀艶な生の感覚を加えかつ快い律の花やぎをみせている。旧風を脱しようとする詩精神は明らかに時代のものであって、「わざとをかしからん」

といまめかしさを表に立てすぎた追随者によって、後世批判される一風潮が生まれたとすれば、それはおそらく旧風のかたくなさへ向けたあらがいの波であったにちがいない。そしてまた、それは、素材にも物言いにも、野趣そのものが端的にあらわれている好忠の歌に否定的にならざるを得ない一面をもっていたというべきだろうか。

『無名抄』には旧派を代表する基俊派と、俊頼派の葛藤がなまなましく伝わる逸話も多く収められているが、中で俊頼の基本的文学姿勢は、貫之と躬恒の優劣論の場面によく表れている。俊頼は断言的結論を避け、「躬恒をば、な侮《あなづ》り給ひそ」という言葉を繰返して、その配慮の深い文学的立場を表明している。「躬恒がこと、よみ口深く思入りたる方は、又類なき者なり」とは俊恵の見解だが、よく俊頼の意のあるところを言い当てたものといえるだろう。「軽々《きやうきやう》なる歌」が多くえらばれた結果も、「ときのはなをかざすこころ」が顕著になった結果も、それは一つの結果であって、俊頼の歌の本質とは別なことだ。俊成はこのことを先にあげた『古来風体抄』の中でもよく理解したかき方をしている。

「躬恒をば、な侮り給ひそ」という俊頼の言葉は、貫之がすぐれているという当然の答えを裏切ってなされたことによって、ふしぎに深い実感がわく。あたかも、俊頼の作歌上の秘かな自戒の言葉のように――。「珍しき節《ふし》をもとめ、詞《ことば》をかざりて詠む」ことの中で一番失なわれがちの「心」の問題、それが専門歌人の陥りやすい罠であることを、俊頼は幾たびも身に反芻していたのであろう。『後鳥羽院御口伝』は俊頼を高く評価して「哥の姿二様《やう》によめり。うるはしくやさしき様も殊に多く見ゆ。又もみもみと、人はえ詠みおほせぬやうなる姿もあり」と述べているが、こうした二つの風体を併せもつという方向に俊頼の専門歌人としての自負は赴かざるを得なかったのだろう。

俊頼の時代は、ようやく謡ものの盛んになりつつあった時代である。関白忠実邸に俊頼が伺候していると、鏡の宿の傀儡たちがやってきて、二句の神歌として俊頼の歌をうたい上げた。「世の中はうき身にそへる影なれや思ひすつれど離れざりけり」という歌である。俊頼は喜ばしくて、「俊頼、至り候ひにけりな」と呟いていたというが、当世の歌人の歌が、たちまち歌謡として世に流布することが不自然でない時代であった。このあと、永縁僧正が歌の名誉を羨しがって、「聞くたびにめづらしければ時鳥いつも初音の心地こそすれ」という自作を琵琶法師をやとってうたわせた逸話は有名なことだ。

俊頼が「心をさき」としながらも、「珍しき節をもとめ、詞をかざりて」詠む歌に、もう一つ「つづき聞きにくく」ない言葉の配慮を求めたのも、こうした歌謡時代の先端の言葉をになう必然があったからだといえまいか。さきにあげた傀儡にうたわれた歌についていえば、永縁の歌はいかにもことば花やかで歌謡的だが、俊頼の歌は内容的には少しく重苦しい述懐の分野にある。しかし隆盛に向う歌謡はまた、時代の心を反映したこのような歌をもほしがっていたのである。この歌はいわば物言いの魅力一つで成立しているものだ。上句の比喩は地味だが詠嘆の「や」が据ることによって、訴えの優しさが生まれ、下句のもつもう一つの詠嘆をしみじみと聞かせる。述懐の歌だが、謡われたとき優しい哀感が余韻をひくであろうことが想像されて面白い。

こうした面からみれば、好忠の歌は歌われたことのない言葉の斬新さが面白いが、謡って面白いかといえばどうだろう。ただ、謡曲「飛鳥川」という曲では、曲舞節の冒頭に「御田屋守けふは五月になりにけり急げや早苗老もこそすれ」が据っていて田植時の田園の鬱情が漂う。しかし、「鳴けや鳴けよもぎが杣のきりぎりす過ぎゆく秋はげにぞ悲しき」などはどうだろう。どうにも謡ものには不向きである。むしろ、好忠の魅力は、この滞る言葉が流麗の律をさまたげて、実感を漂わすところにある。好忠の言語構造には重層性が乏しい。そのかわり、一つ一つの言葉が、その正当の意味性をになって立ちはだかっている。

長明は好忠の「播磨なる飾磨に染むるあながちに人を恋しと思ふ頃かな」という歌が、二句までを序として「あながち」という、まさにあながちな一語を据えた言葉つづきの手腕をほめているが、好忠も流行の技法をこんなふうに試みないものでもなかった。しかし、今日からみれば、むしろ強引な言葉つづきの面白さが特色をなしている。

そして、俊頼と好忠の決定的な差をいうなら、俊頼の文学的な鑑賞力と、その深みを読む好みであろう。俊頼はその『俊頼髄脳』の中で、「かきくらす心のやみにまどひにき夢うつつとは世ひとさだめよ」と業平は詠んだにちがいないという説があるのにふれ、「世ひとさだめよ」は文字通り世間の人がきめればよい、などといっているのではなく、再びは不可能な恋の一夜であったはかなさを、それとなく「世ひとさだめよ」と詠んで、夢ともなく現ともない永遠の時間の中に回帰させたのだと解している。かすかな言葉の連鎖があやなす重層性のある言語構造が生む「もみもみ」とした風体への指向はここにもよくあらわれている。さらには、うるわしく磨きあげた言葉に律的美質を加えようとした風体への理想は、その二つながらが好忠の言語意識とは異質な対位を深めるばかりだったといえるかもしれない。

髙野瀬恵子（たかのせ・けいこ）
＊1957年千葉県生。
＊総合研究大学院大学博士課程修了。博士（文学）。
＊現在　都留文科大学ほか、非常勤講師。
＊主要著書・論文
『肥後集全注釈』（共著、新典社）
「院政期女房歌人『堀河』考」（『国文学研究資料館紀要文学研究篇』34号）

源《みなもとの》 俊《とし》頼《より》　　コレクション日本歌人選　046

2012年７月30日　初版第１刷発行

著　者　髙野瀬恵子
監　修　和歌文学会

装　幀　芦澤　泰偉
発行者　池田つや子
発行所　有限会社　笠間書院
東京都千代田区猿楽町2-2-3［〒101-0064］
NDC 分類 911.08　電話　03-3295-1331　FAX 03-3294-0996

ISBN978-4-305-70646-1

印刷／製本：シナノ
乱丁・落丁本はお取り替えいたします。　（本文用紙：中性紙使用）
出版目録は上記住所または info@kasamashoin.co.jp まで。

コレクション日本歌人選　第Ⅰ期〜第Ⅲ期

第Ⅰ期　20冊　2011年（平23）2月配本開始

1	柿本人麻呂＊	かきのもとのひとまろ	高松寿夫
2	山上憶良＊	やまのうえのおくら	辰巳正明
3	小野小町＊	おののこまち	大塚英子
4	在原業平＊	ありわらのなりひら	中野方子
5	紀貫之＊	きのつらゆき	田中登
6	和泉式部＊	いずみしきぶ	高木和子
7	清少納言＊	せいしょうなごん	圷美奈子
8	源氏物語の和歌＊	げんじものがたりのわか	高野晴代
9	相模＊	さがみ	武田早苗
10	式子内親王＊	しょくしないしんのう（しきしないしんのう）	平井啓子
11	藤原定家＊	ふじわらていか（さだいえ）	村尾誠一
12	伏見院＊	ふしみいん	阿尾あすか
13	兼好法師＊	けんこうほうし	丸山陽子
14	戦国武将の歌＊		綿抜豊昭
15	良寛＊	りょうかん	佐々木隆
16	香川景樹＊	かがわかげき	岡本聡
17	北原白秋＊	きたはらはくしゅう	國生雅子
18	斎藤茂吉＊	さいとうもきち	小倉真理子
19	塚本邦雄＊	つかもとくにお	島内景二
20	辞世の歌＊		松村雄二

第Ⅱ期　20冊　2011年（平23）10月配本開始

21	額田王と初期万葉歌人＊	ぬかたのおおきみ　しょきまんようかじん	梶川信行
22	東歌・防人歌＊	あずまうた　さきもりうた	近藤信義
23	伊勢＊	いせ	中島輝賢
24	忠岑と躬恒＊	みぶのただみね　おおしこうちのみつね	青木太朗
25	今様＊	いまよう	植木朝子
26	飛鳥井雅経と藤原秀能＊	まさつね　ひでよし	稲葉美樹
27	藤原良経＊	ふじわらのよしつね（りょうけい）	小山順子
28	後鳥羽院＊	ごとばいん	吉野朋美
29	二条為氏と為世＊	にじょうためうじ　ためよ	日比野浩信
30	永福門院＊	えいふくもんいん（ようふくもんいん）	小林守
31	頓阿＊	とんな（とんあ）	小林大輔
32	松永貞徳と烏丸光広＊	ていとく　みつひろ	高梨素子
33	細川幽斎＊	ほそかわゆうさい	加藤弓枝
34	芭蕉＊	ばしょう	伊藤善隆
35	石川啄木＊	いしかわたくぼく	河野有時
36	正岡子規＊	まさおかしき	矢羽勝幸
37	漱石の俳句・漢詩＊		神山睦美
38	若山牧水＊	わかやまぼくすい	見尾久美恵
39	与謝野晶子＊	よさのあきこ	入江春行
40	寺山修司＊	てらやましゅうじ	葉名尻竜一

第Ⅲ期　20冊　2012年（平24）6月配本開始

41	大伴旅人★	おおとものたびと	中嶋真也
42	大伴家持	おおとものやかもち	池田三枝子
43	菅原道真	すがわらのみちざね	佐藤信一
44	紫式部＊	むらさきしきぶ	植田恭代
45	能因	のういん	高重久美
46	源俊頼＊	みなもとのとしより（しゅんらい）	高野瀬恵子
47	源平の武将歌人＊		上宇都ゆりほ
48	西行	さいぎょう	橋本美香
49	鴨長明と寂蓮★	ちょうめい　じゃくれん	小林一彦
50	俊成卿女と宮内卿	しゅんぜいきょうじょ　くないきょう	近藤香
51	源実朝＊	みなもとのさねとも	三木麻子
52	藤原為家＊	ふじわらためいえ	佐藤恒雄
53	京極為兼	きょうごくためかね	石澤一志
54	正徹と心敬＊	しょうてつ　しんけい	伊藤伸江
55	三条西実隆	さんじょうにし　さねたか	豊田恵子
56	おもろさうし＊		島村幸一
57	木下長嘯子	きのした　ちょうしょうし	大内瑞恵
58	本居宣長＊	もとおりのりなが	山下久夫
59	僧侶の歌★	そうりょのうた	小池一行
60	アイヌ神謡集ユーカラ		篠原昌彦

＊印は既刊。　★印は次回配本。

『コレクション日本歌人選』編集委員（和歌文学会）
松村雄二（代表）・田中　登・稲田利徳・小池一行・長崎　健